「金要らぬ村」を出る…

福井 正之

目次

「金要らぬ村」を出る…

序　夜間警備員

朝刊の写真大賞と銘打った、一番上段の写真を眺めて、私は顔を綻ばせた。浴衣姿の若い母親が、同じく浴衣姿の子どもをひっ抱えたまま走っている。母親の表情は真剣だが子どもはにこにこしている。町内の夏祭り運動会なのだろうか。その隣の写真は、顔をスイカもどきに真っ赤に塗りたくってスイカを食べている少年の笑顔だ。その紙面に掲載された十枚ほどの写真はファミリー部門とあるだけに、いずれも家族のユーモラスで楽しそうな一齣がキャッチされていた。

窓の外を見ると今日も秋晴れのいい天気になりそうだった。このところ雨は降らず、今日もまた日中は暑くなるだろう。外は桜並木の鬱蒼とした緑が連なっているが、その緑もところどころ色褪せ茶褐色に変色していた。

また紙面に顔を戻すと、目の隅に「62、無職」という文字が飛び込んできてはっとした。その隣は「70、無職」下を見る。「64、無職」……なんだこれは！　写真の半分以上はこの種の人々で占められていた。この欄は、退職し年金生活に入っている老人たちのサロンになっているようだ。

私には、日がな一日のんびりと趣味に没頭できる彼らの生活が想像できた。六十代に入るということはそういう生活に入るということらしい。晩年とは、それまで営々と育ててきた人生の果実を遠慮なく味わえる時節だろう。それができる順当な人生を羨ましいと思わないこともない。それを目前に、私の人生はそれとは遠く逸れてしまった――


さよう、私もすでに六十歳の還暦を迎えていた。私はここ職業訓練学校の警備員をしており、宿直明けの朝のひとときを学校の事務室で過ごしていた。私が見ている新聞は職場配達の新聞であり、家で新聞などとったことがない。この職場の夜間最大の作業である巡回は、校舎のみならずグラウンドも含んだ広い校庭を対象としており、その広さは警備員にとっては不服の種であった。しかし私にすれば、木々や草花を愛で、夜空を仰ぎつつ体調を整える快適な散歩と変わらなかった。

この仕事は施設警備といわれ、夜間二時間おきに二十分程度の校内巡回を三度、そして朝の巡回が終わればあとは職員の出勤を待って宿直が終わる。その間の睡眠は、学校管轄の府の財政難と警備会社の吝嗇によって、通常のような仮眠扱いにならず、夜間手当の対象から外されていた。なにかあったときはもろに対処があるのだから不当な仕掛けではあるが、この間ほとんどそんなことは起こらなかった。

前任者から引き継いだとき、中庭に設置してあった自動販売機をバーナーで焼き切って小銭を持ち去ったという事件があったという。なんでも、この学校の溶接科中退者の仕業でないかと噂されただけで、犯人は捕まらなかった。そんな事件も聞かされ、私はそれなりの緊張感を持って巡回し、この緊張のままでは寝られないなあと思いながら、いつの間にか眠りこけていた。朝の光の中で目覚めて、ああ襲われなかった、とほっとしたが、それでもどこかやられていないか、という心配で巡回を始めるのだった。

この緊張もはじめの二か月だけだった。いまはなぜかくも容易に寝てしまえるのか、自分でも不思議に思うほどだ。溶接、塗装などの古色蒼然たる訓練科目で、時代のニーズに応えられず生徒数も減少、壁は剥がれ雨漏りがするおんぼろ実習施設では、盗人になんの魅力もなかったろう。だから夜の十時を過ぎれば熟睡の態勢に入り、アパートに帰ってもほとんど補充の睡眠は要らなかった。週の五日間はわが家に帰るが、週一日木曜日の休日を除いて夜はずっと学校の宿直室で眠った。つまりほとんどわが家では眠れないのである。私は若い頃から寝る場を選ばずどこでも眠れたから、こと寝ることに関しては職場は別荘のようなものだった。あるいはひょっとしたら、どっちが別荘だったのかわからない。
もっとも始めは、現下の大不況と年齢制限で、こういう仕事しか見つからなかった、というのが実態に近い。ハローワークに日参した二年前、せめて給料は二十万くらい、休みも日曜以外に土曜も少し、仕事もせめて自分のかつての経験を活かした教育職なら、と当たり前のように期待している間はどこにも仕事はなかった。五十八歳を過ぎてシルバーだなんて、まだ白髪なんてないよ。それなのに清掃夫か警備員かマンションの管理員しかないだって。探す時間と当面の稼ぎの必要を天秤にかけて、どんどん要求水準を下げ、ようやく今の警備員の職に引っかかったのである。しかし慣れるにつれ、ここは思いがけなく私にとって最高の職場になっていた。

おう、忘れるところだった。私は新聞を置いて事務室から宿直室までとって返した。この学校の廊下の長さはそれほど堪えるほどではないが、それでも一回で済むことを忘れると多少の徒労感は走る。六畳間の宿直室の片隅に座り机があり、その上にはノートパソコンとノートが置かれてあった。その反対側にテレビがあり、その上に置いてあるコップの水中に、お目当ての上顎だけの入れ歯が入っていた。

六十歳といっても誰も信じないほど私の外見は若かったが、歯と目はかなりいかれていた。その入れ歯を取り出しタオルで水気を拭きとる。それにポリグリップという接着安定剤をチューブから押し出してつけ、口中に装着する必要があった。私はその宿直室で、他の警備員ならテレビを見て時間をつぶすだろうに、ある運動体の総括メモを綴りつつあった。時にはその合間に思いつくままの断章や詩句のたぐいも試みていたのである。だからそこは私の書斎でもあった。一人勤務の気楽さで、巡回以外は基本的に何をしていても分からないからでもある。特に老後を迎えたという理由からではないが、私はこの職場のおかげで趣味的部分にも専念する生活をある程度実現していた。もちろん最長の拘束時間と最低の給与というリスクと引き替えに。

一　今浦島にわか老後

実は私は、日本有数の共同体J会からの脱退者だった。J会参画後十数年、有機農産物の生産と産直で、J会は思いがけず時流に乗って経営的な成功を収めた。その背景には多くのメンバーの理想社会建設の情熱があった。仕事は養鶏、畜産、農産加工とムチャクチャに増え、私も職場の段取りを任された。その少ない人手の中でのやりくりに追われて、歯医者に行く暇がなく、その歯槽膿漏の帰結が現在の入れ歯になっていた。

ともあれそこは、始めはド貧乏だった生活状態も次第に好転し、参画者も増大するなかで理念も整備され、組織も巨大化する。全国各地にJ支部としての〈村〉も形成されていった。J会は「真の幸福」すなわち「幸福とは人生の真の姿」で不幸感の克服を図りながら、実際に参画者の生涯生活保障、いわば「ゆりかご前から墓場の後まで」という理想環境を実現しつつあった。そう、私は長いこと失業も老後の心配もない環境で暮らしてきたのである。

ところが現在、私はいわばその竜宮城という楽園を離れ、玉手箱を開いてしまった浦島に似ている。ただその煙りに巻かれて多大なショックは受けたものの、まだそれほど深刻にはなったわけではない。自分の老後など気にかけたことのない私には、いわゆるシャバの老後の深刻さなどはまだ見えていなかった。それはにわかに強制された理不尽な観念であり、なんとかなるはずと思い込んでいた。

しかしその後、私はその老後観念に圧倒され愕然とした。これまでは、就職時の年齢制限や、市役所や郵便局などから年金説明会の連絡から多少の意識は持ったが、そんなのは六十五歳になってからでいいや、と思っていた。ところが妻の靖代の旧友から、彼女の公務員をやっている夫が六十歳に入ってから年金をもらっている、という情報がもたらされた。あなたも教師やってたからもらえるはずよ、と靖代はせっついた。勤続何十年という公務員とは比較にならないと思えたが、大学を出て十二年、たしかに私は教職に在った。ともかく相談してみようと市役所の年金課に出向いた。

日中に仕事がない私には、市役所や銀行などの時間制限に苦労はしなかった。昼の秩序からはみ出してすいすい泳ぎまわる解放感はあったが、代わりに夜、人が休むときには職場で拘束されていた。程なく番号札の順番がきて、私と相対したのは私よりも高齢禿頭の男だった。男の説明は煩瑣で繰り返しが多く、肝心なことはさっぱり分からなかった。なんでこんな男がと不審に思ったが、たぶんお役所ＯＢの仕事場になっているのだろう。ともかく、なにがしかの額が出るというではないか。私の胸は高鳴り濡れ手に粟の期待でいっぱいになった。これであまり老後のことは考えないで物書きに没頭できるだろう。それでうんざりするほどややこしい書類の作成・申請にかかずり、ようやくまとめた一件書類を共済組合に郵送した。二か月近くかかって届けられた決定通知を見て、私は始めは喜び、たちまちがっかりしてしまった。月々五万、なにがしかの退職共済年金というやつで、今の貧乏生活にはすばらしい贈与になりうるものだった。ところがいま支給されるのはさらにその半額だった。説明によれば、もう二十年前に共済からの脱退一時金なるものが最大限引き出されており、それを支給される年金分から返還する義務があるというのだった。現在の時価換算で数年にわたるという。全く私には与り知らぬことだった。

私はようやく二十年前の共同体への参画当時のことを思い返したとき、一瞬苦い悔恨が走った。あのド貧乏、ボロと水のＪ会の草創期、Ｊ会としては退職教師の財産は死中の活だったはずだ。そういうことも納得の上、参画時には退職金など全財産と、それに関連する権利（といっても世間的には知れたものだろうが）をＪ会に全て委ねたのである。したがって私の共済退職一時金は、事後Ｊ会経理が引き出したものだった。

参画以降、問題の年金はＪ会経理によって納付されてきたが、それは農事組合法人という仕組み上、国民年金の対象となるしかなかった。よってまた例の役所ＯＢに訊いてみると、仕事がなくなりまた体力的にも続かないだろう六十五歳以降、支給予定の国民年金はあまりにも少なかった。それも思いがけないことに、Ｊ経理からのこれまでの納付は「未納」や「免除」がかなりあって、支給資格期間がすれすれの線だった。よってその額も知れており、私の教職の公務員共済年金と合わせても、とうてい家賃を払って食っていける金額ではなかった。

「〈村〉で使った金を、〈村〉を出た私たちがなんで払うのよ。しかも虎の子の年金からよ」

靖代は憤懣やるかたない面持ちだった。私もなんとも割り切れない気持ちになった。突如襲いかかった「老後」だった。このパンチに似た急激さは、普通の常識的な人生コースに則っている限りありえないものだろう。私は相当におめでたい世間知らずの生活をおくってきたのだろうか。

二　アリとキリギリス

朝の九時、私は暑苦しい制帽と薄紺色の制服を脱いで着替え、自転車でアパートに帰った。職場とは自転車で約十分の距離にある。木造二階建ての文化住宅の二階、２ＤＫで家賃は四万円だった。前に住んでいた人が突然転居した後、改装もされず壁は煤けたままの部屋である。私が〈村〉を出た後、少し遅れて出た靖代から、もう少しきれいなところがなかったの、とずっとぼやかれてきた。しかし家賃の安さでいまのところ身動きがとれない。

警備員としての給与もあまりにも安かったから、靖代の働きも加え、家賃、光熱費などを払ったら、あとは食費がほとんどだった。だから最低必要な家具やエアコンは、市役所のリサイクル物品案内でタダ同然に入手し、あとは食費などをいかに倹約節約するかであった。

靖代も娘も仕事に出ていたので私はほっとした。娘は就学一年前から、親から離れた〈村〉の子どもらだけの寄宿生活の場で育ってきた。農業が好きで高等部から〈大学部〉まで行ったが、それが単なる作業効率に集中するようになってから疑問を抱え込むようになる。親が〈村〉を出てしばらくして街に出、いろんな経過を経て同居していた。もっと上の息子もいたが、すでに学園開設初期に〈村〉を離れていた。

私は、帰ったら靖代が用意した朝昼兼用の食事を食べ、頼まれた些少の家事や買い物が終われば、あとは自分の時間だった。それでまた持ち返ったパソコンを開く。夕方料理屋のパートから帰ってきた靖代が夕食の弁当を作ると、私はそれを持ってまた夜警番に出勤していた。靖代はそのままひとしきり家事を済ますと、また夕食の賄いつきの料理屋に出かけていた。夜も昼も一緒にいることが少ない靖代との物理的すれ違いは、そんなに苦にならなかった。適度に依存するも、嗜好については互いに干渉しない。そういう年齢になっていたのだろう。年金のことが判明した後も、私の趣味志向の生活はあまり変わらなかった。

ある暑苦しい夕刻、パートから帰ってきた靖代は、二階なのに玄関先から台所に入り込もうとしていたアリの行列を見つけた。アパートの南側は似たようなアパートが密集していたが、北側の玄関の向こうには穂を垂らし始めた稲田が見える。

「とうとうアリまで入ってきたよ。あんた、もういつまでこんなアパートに暮らすの。もううんざりだよ」

靖代はアリをひねりつぶしながら、机に向かってパソコンをたたいている私の背に向かってぼやいた。私は生返事をしただけだった。

「……でもこいつらよう働くなあ。わたしはもう疲れるよ。それに比べりゃあんたはいつまでもキリギリス。これは単純にアリさんとキリギリスの話でしょう」

靖代は下着だけになって扇風機の風を自分に向けた。クーラーはあったが極力つけないようにしていた。靖代の以前はぽっちゃり分厚かった肌も幾分衰えていた。

「もう気がついてもいいでしょ。いつまで好き勝手にキリギリスやってるの。わたしはもういやだよ。老後に備えて、いまからなら間に合わないかもしれないけど、まだ働ける間はアリさんにならないと」

こうまで言われてしまえば、私は生返事を決め込むわけにはいかない。手を止め靖代の方に向き直った。

「おまえはそういうが、人間はただのアリのまま死にたくないというへんな生き物でもあるんだよ。自分のやりたいことをやって死ねるなら本望だ。あの童話に間違いがあるとしたら、あまりにもキリギリスを哀れっぽく描きすぎることだ。ほらあのタイタニックの楽団員たちは、船が沈没する寸前まで楽器を放そうとしなかったじゃないか」

「あんたっていう人は、もうどうしようもなくはんかくさいのね。そういうのをロマンチックというのかもしれないけど、ただのアホ。なにをどう隠そうと、それだって海は凍っているし、風は身を切るように冷たいのよ。いまは真夏だから想像つかないかもしれないけど」

北海道出身の靖代は〝はんかくさい〟を常用していた。青臭いとか、子どもっぽいという意味だろう。

「それが本当にやりたいことなら、氷や風など恐れないようにできてるんだよ。人間はそういう聖なる存在でもあるんだぜ」

私は少し酔っていたのかもしれない。夜は仕事で呑めないからというのが口実だったが、書くことに滞るとついつい焼酎に手が伸びた。

「よく言うよ！　いちばん寒がりでいちばん大食いのあんたが。おまけに昼日中から呑んでるじゃない。男なら女房子どもに心配かけないようにしてよ。それができないあんたのために、なんで私がご飯つくらにゃあかんの。人間やりたいことだけやってたら生きていけないんだよ」

「やりたくないことはやらんでいいよ。飯ぐらいなんとかするわ……」

「ほんとう？　あんたそんなことといっていいの」

普通にいう、男はロマン女はフマンの典型的な葛藤の場面だったろう。しかしそのレベルもかなりシビアーなものであることを私も知らないわけではない。私らにはいわゆる老後の蓄えたるや何もなかった。靖代のぼやきも当然のことだった。

「もう夢から覚めていい頃じゃないの。いつまで夢の続きを追ってるの！」

靖代は引導を渡すように決め付け、夜の仕事に出る着替えにかかった。

そう、なぜ夢は覚めないのか。J会への夢はたしかに覚めていたし、まただからこそ街で暮らすようになっていたが、靖代のいうはんかくささ、すなわち夢想的体質はそのまま引き摺っている。私は自分の書くことへの執念の出所をしばしば考えるが、うまく説明がつかない。この過剰にはどこかいびつさがあると思うだけである。二十数年にわたる〈村〉の暮らしで、私は本を読むこと書くことをずっと自分にタブー視してきた。いまはそのタブーが外れてしまった反動で、必死に失われた過去を取り戻そうとしているだけかもしれない。

三　ある前史

私は三十五歳の時、教師を辞めて一家四人でJ会に参画した。そこでたまたま二十年以上も暮らすことになったから、そのことが私の人生そのものといってよかった。私が最初に訪れたそこは、サイレージの匂いに包まれた北海道別海の酪農地帯だった。たまたま私の教職が、その海岸地帯に当たる釧路地区だったこともある。青っ洟に真っ赤なほっぺの幼児たちと、今どきもんぺ姿で働く女たちが印象的だった。それよりも私の目を引いたのは、年寄りたちの人懐っこい笑顔と「……だべさ」の北海道弁でしめくくられる語りだった。それもぼんやり暇そうな老人の姿ではない。かなりの時間若者といっしょに立ち働く仕事のプロでもあった。

またそこはずばり「金の要らない村」だった。対外関連は別として貨幣は使用されなかった。それは創始者J氏の「無所有」理念からくるもので、衣食等かなりの必要はタダ働きで賄われた。

少し理論的な話になるが、この考え方は一般に、空想的社会主義やマルクス『資本論』の〈使用価値―交換価値〉論からもくるもので、のちにイリイチが展開した素人療法や「使用価値」を全肯定した社会構想にもつながる。

そのことはおそらく世の大半が「働かざるもの食うべからず」が当たり前の社会であるように、「働かざるもの食ってよし」の社会を示唆するものであった。したがって別海の場合、仕事に行かない者（若者に多かった）も食堂だけは行ったのである。別に小さくならないで。

私は、そこに文豪トルストイの『イワンのばか』の童話的世界を重ねてみることがあった。私は社会科教師でありながら、そのような社会構想理論よりは、この童話の方がずっと解りやすいと思った。そのトルストイ晩年の民話には、明確な理想主義とユートピアのイメージがあった。

「イワンの国からは、かしこい者がみんな出て行って、バカだけがのこりました。お金はだれももっていません。達者で暮らして、はたらいて、自分をやしない、心のやさしい人たちにも食べさせてやります。」

事実その〈村〉は、バカだけが残ったとは思えないが、それはまさにイワンの国と変わらないか、それ以上だった。

私はどう逆立ちしても、こういうすばらしい物語は書けないが、こういう村や社会を造る営みには参加できるのではないか。それには、ただあの年寄りたちに憧れて精進していくだけでいい。彼らは読み、かつ書くこともなく、今を十二分に楽しんでいる。またあの若者たちも、もちろんタダ飯食らいばかりではなかった。私は今でも、彼らが吹雪のさなか奏でていたギターの『なごり雪』、中でも「ふざけすぎた季節の後で……」の部分でいつも目元が熱くなる。

その後私たち一家は、本州三重県のJ本部に移動する。そこは別海とはまるで違った「研鑽生活」が待っていた。私には別海への郷愁のようなものから抜けるのが容易ではなかった。ただそこの休憩室には次のような標語が置かれていた。
「大きな鶏はたくさん食べてたくさん産み　小さな鶏を決して責めません
小さな鶏は少なく食べて少なく産み　大きな鶏を決して羨みません」
「見出そう自分の良さを　引き出そう相手の良さを　合わせよう互いの良さを
そこで味わう一体の良さの良さ」
私はなにか襟を正されるように感じた。ここはＪ会理念体得を目指す道場のような雰囲気があった。また時折そのことを集中的に学ぶ「研鑽学校」への入学を勧められた。

それ以降のＪ会の動きは、共同体なるものの形成にとって、かつてない挑戦的な厳しい時期に入る。それは従来の清貧、禁欲のイメージを突破することにもなった。

①鶏舎建設と養鶏作業による村づくり（一九八〇年前後）。

それは長時間の肉体労働の最も過酷な時期だった。私は本部からかなり離れた現場で、鶏舎建設と対応しながらの養鶏飼育全体の段取り役を担っていた。決定的に足りない人手、夜討ち朝駆けの連続。その作業量は牧歌的北海道の体験をはるかに超える。

この時期から私は、本部〈村〉づくり全体のリーダーだったM氏に従ってきた。彼はJ氏の後継者ともいわれていた。初期の小規模の〈村〉はほとんどが経営不振だったが、彼は「経営研」なる分野を主導し、養鶏を推進した。印象に残ることばとして「米俵も土俵に使う」彼は一般論として語ったと思うが、私は結果的に自分のことを言われたような気がした。つまり私には、自分でも想像できなかったほど耐久力と体力があったらしい。当時新参画の若者も多かったが、彼らの多くは脱落していった。

その過程で、当然何とかならないかという私ら現場と指導部との交渉があった。私より若い経営事務担当E（のち指導部の有力な一員）の語りが、今でも私には鮮烈に残っている。「今はねえ、全体として建設にかなりの人員が投入されてるんだよ。今のように有精卵の需要が多いというのは、我々が真目的を達成する上で千載一遇の好機かもしれない。多少無理があっても、今の時期に鶏舎を建てておかないと間に合わないと思う。しかしいつまでもというわけじゃない。遠からず建設が少なくなる時が来る。そうしたらそのメンバーが飼育に戻って、もっと全体としてゆったりしてくるんだがなあ」

私はそこで感じたのは、理念というより理想に近い心情だった。これが伝わってこないはずはない。しかしのち、このような裸の交流は次第に理念と組織体制に集約されていった。

②J会の講習会によって組織化されていった地域会員層が、消費者グループを形成し、有精卵供給拡大に成功する。さらにそこから子どもの生活体験機会として一週間の合宿生活が始まった。それがヒントとなって、のちに実学尊重の高等部、親の「子放し」機会としての幼年部の学園づくりが始まる（一九八五年以降）。
③その間ずっとネックになっていた人手不足。長時間労働は、一時期「マイペースから一体ペースへ」というテーマとして、職場での研鑽テーマとなった。ただこれだけではきつい。その難問は、後の外部雇用の採用と学園親からの参画者増大によって軽減されていった。

これ以降、〈村〉の生活は一変していく。「十人一テーブル」を単位とする大食堂。大理石造りに家族風呂付きの大浴場。成人式、結婚式、その他での女子の華麗な着物姿。月々なにがしかの小遣い、それによる家族連れの外出。診療所や養老施設の確立等々……。

これまでJ会では「真の幸福」という理念から、常識的な幸福感をいわば次元の低いものとみなしてきた。ただ常時その域で生きるとなると、かなりの抵抗やキツさがあるだろう。そこで理念研鑽に集中する長期研鑽会と日常生活を画然と分離してきたのだと思う。

これこそまさに〈村〉の実態そのものが、世間的な〈俗なる幸福感〉のレベルに達し、超える過程でもあった。これは清貧・禁欲を旨とした少数派の草創期から、多数化大衆化するとともに必然的に登場する誓約集団の流れでもあったろう。このような経営の成功は、おそらく日本における共同体の歴史の中でも画期的なものだと思う。

ただ、この過程で私はいくつかの問題点にも触れるようになった。その発端は各〈村〉、職場のかなりの経営係が集った場でのM氏の語りだった。曰く「段取りは理念に沿い、メンバーは段取りに沿う」というのである。段取りとはこのような各〈村〉、職場の役職に就くもののことであり、メンバーはその掌握化にある人々のことであった。いうまでもなくこれまで不明瞭だった新体制構想の骨子であった。この「段取りに沿う」というのが大多数のメンバーの課題となり、その段取り担当者のみが理念を研鑽の対象にできるという。さらにいえば、その段取り対象者への指導監督を担う上層指導部が公然と存在しているという実態の表明でもあった。

私にはじめ違和感のようなものが走った。そのような区分けは、これまで研鑽学校等で教えられた一体理念「一列横の人」「互いに落ちず落とさずに」に反するように思われたからである。しかし私にはすでにそれを言い出すだけの〈若さ〉はなかった。やはりM氏への太い信頼感が機能していたと思う。

そしてその構想はどんどん現実化されていった。組織体制は次第に一元化序列化、ヒエラルキーの方向に構築されていく。私もその序列の上位にあって、その体制を擁護する意識になっていたが、それによる様々なきしみに鈍感であり続けることはできなかった。〝上〟といっても、当初はこの道の先達たちに「見守られている」という意識だった。いわば親から変わらぬ親愛の情を注がれている感覚、ところがそれが時折間一髪で「監視されている」という意識に置き換わる。これはかなり微妙な、瞬時に刺さる小さな棘のような痛みであって、心内に秘かに留める程度のことであった。しかしこのどう評価されるのかというある種の疑心は、いわば「我執」であり微妙な内心の取り組みテーマの一つでもあった。

さらに顕著なのは、〈村人〉の参加研鑽会が、いわゆる上下のA、Bに二分されたことである。かつてそこは自分を思うまま表明し、歯に衣着せぬ批判と共感が渦巻く実感のルツボだった。いわば丸裸の交流が沸騰し、そのスリルと楽しさと満足感から人々は生きる力を得ていた。できる人できない人それぞれに対等だった。創始者Jさんに「大臣も乞食も同格」ということばが残されている。

私自身がAグループであったが、そこでは次第に自己検閲を始めてしまう自分に気づく。結果として研鑽会では、声高な有力メンバーの発言とそれへの首振りが常態化していくのである。そういうことではむしろBグループの方が楽しそうに見えた。

しかし——事は私には青天の霹靂のように起こった。突然反対派が生まれ、マスコミがJ批判を流し始める。参画者は参画時に「財布一つ」の理念のもと全財産を拠出したが、脱会者からその返還要求が出された。さらに思いがけないことだが体罰の実態があからさまになり、それによって〈村〉の学園での生活体験教育（実質農業実習）や五歳児からの親子分離（「子放し」理念からくる）の特異な教育に対する外からの批判が渦巻き始めた。

何も知らない会員や〈村〉メンバーは様々な方法で反論をくり返した。しかしマスコミの方がずっと強力で、〈村人〉も当然、子どもらの農作業の実状を自室のTVでも観る機会が出てくる。ついに反論しようも事実が暴露されることで、指導部は全くノーコメント沈黙状態に陥った。そこからいわば〈村〉メンバーの判断が問われそうだが、おそらく関係者以外は何の情報も入手不能だった。

はじめは幼年部の世話係、のちに対外広報で外に出る機会の多かった私は、体罰情報は全く知らなかったが、親の〈村〉参画についてはかなりの役割を果たしていたのである。しかし序列上位といっても私はいわばその末端にあり、枢機に与ることはほとんどなかった。すでに〈村人〉個々人との交流は乏しく、〈上〉への警戒も含めて互いの本音は解らなくなっていた。


私のなかに意味不明の余白が広がり、総括・反省への飢渇が前進への欲求にブレーキをかけ始めた。この二十年はいったいなんだったのか？　共同体Jへの自分の献身はなんだったのだろう、それにどんな意味があったのか？

これまではJで救われたと思ってきたが、考えようによってはそこで人生を棒に振ったといえないこともない。なぜJ会はこんなことになってしまったのか？　勧誘してきた同調者、追随参画者への、さらに暴力が問題となった子どもらへの自責感、自己批判も含め、J会の総括、すなわちその〈裏切られた革命〉について様々な問題を考えざるをえなくなった。

時あたかもM氏自死の報がもたらされた。高齢とはいえまだまだの年齢であろう。私のなかになにかしら異様で禍々しいものの衝撃が走る。J会への税務監査が行われた後だったが、真因は不明だった。マスコミに報じられたその信じられないような巨額の金額は、その過程を私の理性は承認するも、心象では「金の要らない村」と全くつながらなかった。その経緯について指導部関連部門は従来通り完全黙秘だった。ただこれはあくまでも私の直感だが、M氏を貫いてきた「経営研」感覚とその方針なしには、いわゆる〈俗なる幸福感〉を実現しえなかったのではないか。しかしそれも「マイペースから一体ペースへ」というわれらの労働の日々の〝成果〟でもある。

四　村から町へ

私はそれ以前から企画されていた「町―村づくり」の動きに乗って街に出た。なぜそのようなものを指導部が発想したのか不明だが、私は社会的な不信、批判の風潮の中での内部の動揺を食いとめるために、ある種の空気抜きを図ったのではないかと推測する。それはもちろんJ会と直属する都市型共同体づくりを志向してはいたが、私自身は実質Jの

〈村〉からの離脱感覚が強かった。ともかく一旦は距離を置いて考えてみたかった。そして今の警備員の職に就いたのである。

Ｊでの生活はいつも周囲に親しい人々が立て込んでいたのに、ここではずっと孤独だった。どこからも助けの声は届かず、誰かが身代わりで考えてくれるわけはない。のちにこのグループメンバーが増えだし、出会う機会は増えてくるまでは。しかし私はここでこそ初めて、自分の頭で考え自分の足で立つことができるような気がした。

それと同時にいつしか、自分の人生の整理、これからの在りようが、退っ引きならないかたちで浮かび上がってきた。自分の人生を整理するには、やはり鏡としての他者の人生あるいは人生観が必要だった。私はいったんは自ら放棄していた読み、かつ書くことを必死に始めようとした。本は高価で買えなかったが、幸い街には図書館というものがあった。それは実は整理総括の欲求を越え、なにかを必死に取り戻そうとしたともいえる。これまではタブーとして蓋をして失われ、忘れてきたこと、やりたかったことが渦巻いていた。

その頃の私を捉えていたのは村上春樹の次の断章だった。

「大事なのは他人の頭で考えられた大きなことより、自分の頭で考えた小さなことだ」

また石垣りんからの影響も大きい。
「自分の住む所には自分の手で表札をかけるに限る。精神の在り場所も、ハタから表札をかけられてはならない。石垣りん。それでよい」

私の思想とはどうもその小さなことに関わりがあるようだ。でもこれまで〈他人の頭で考えられた〉ことがいっぱい詰まっていて、それ以外のことはぼんやりしている。そのなにかが蘇るために、石垣りんが詠うように貧しく不安多くともあえて別居し、いまだなにもない小さな部屋の表札に自分の名を記してみること……。

そのうち私の中からことばが生まれはじめ、それがしばらく続いた。これがおそらく私の断章というものになるだろう。ほんとうは詩とでもいいたいのだが、かえって窮屈になりそうな気がした。

あそこで――

私の取り組みが変わりばえしなかったのはどう視点や眼鏡をかえても
見ていたのは同じ穴蔵の同じ風景　おまけに喜々楽々の
幸福一色の世界に居るはずと思い込んで　いちまいの風の不安
ふとよぎる徒労の感覚　それらをすべて間違いとして抹消してきたようだ
そのうち私の感情の配線がそれを感じないように
無意識の訓練を積み重ねてきたのかもしれない　だから
私の不幸感の片鱗でも敏感にキャッチし目をそらさないこと
そのためにまず私の全感情を肯定してみること

私という人間の手応え　私の実感　それはどこにあるのか
私の脳中のどこにも　隔離空間のどこにも見えない
強持ての理念に　痩せ細ってきた実感を括りつけるだけでは
いつまでも飛べないはずだった　理念のための理念
たぶん異質との遭遇　それらとの緊張によってこそ
精神は健康を取り戻すはずだ　あらゆる異質が等距離にある地点

それこそ私のゼロ位　それはおそらく世間のタダ中にこそある
社会を変えようとするなら自分が変わること
しかし今は自分を変えようとは全然思わない
その前にもっと自分を知りたいのだ 自分を知るとは
たぶん自分の変わらないところを明らかにすること
お前はなにもので お前の本当にやりたいことはなにか、と
たとえ生活や生命が十二分に満たされても
満たされずうごめくそれら！

これをまとめた後のなんというのか解放感は、私にはかつて知らないものだった。自分の内心をすべてとは言わないが、かなり言い当てているという感触。その分だけ自己肯定できそうな気がした。たとえマイナス否定内容になっても。

ふり返ればＪでの生活は、自ら選んだ人生コースとはいえ、ある意味では世間から隔離されていた。あるいは逆に自ら隔離していたともいえる。そこでの「全人幸福」とか「わ

れ、ひとともに」というJの一体理念は私にとっては崇高そのものだった。

しかしそこに生まれてきた多くの空隙は埋めようもなく拡大しつつあった。それに私なりのことばが埋められつつあることに、〈村〉では知らなかった充実感を覚えた。


「家賃以外に月々共用費を二千円ほどいただだかんとな」

家主のおばさんのいささかあけすけな言い分に、私は立ち往生する。ただこれがこちらの現実なのだ。このあたりは雑然とした住宅地でわきに野菜畑がある農家風の家、その門柱を挟んで二人は向き合っていた。普通は銀行か郵便局の引き落としなのだろうが、ここは珍しく、家賃四万円を月末直接家主のもとへ持参していた。それだけここは街なかでも場末で、元農家が多かった田舎の気風が残っているのかもしれない。私は当然無理だと断わろうとしたが、その口実に戸惑った。

「畜産業というか、いま養鶏というのは左前でしょう。それでリストラで辞めちゃったんですよ。退職金はないし、いまの警備員の稼ぎじゃ手取り十三万程ですわ。それでなんとか……」

それはほとんど事実に近い。しかしこれは通らない話だろうなと覚悟はした。黙って聞いていたおばさんは意外にもあっさり「そりゃあたいへんや、ほんなら一年待とうか」と頷いた。それればかりか「あんたもまだ若そうやから、もっと稼ぎのええとこないの」と気にかけた。あそこのマンション管理員さんはだいぶんよぼよぼやけどなあとか、あの小学校の小使いのオッサンは最近入ったばっかりやしなあとか、いかにも世話好きなおばさんだった。

ほうこんな人がおるんかと、私はなにか発見でもしたような気になった。それから出会うと、時には相談めいた話になることもあった。その一つが階下の騒音だった。アパートの二階で住んでいたから、下からの物音が時折聞こえることがある。私はその時は勤務に出ていて知らなかったが、靖代の訴えによると土曜夜か日曜朝が特にひどいという。子どもたちの喚声とバタンドタンという騒音が立て続けに聞こえる。夜が遅くて寝足りない靖代と娘は、たまりかねてうるさいと怒鳴りながら畳をドンドン叩くまでになった。それが伝わったか下は一瞬静かになったが、それも長くは続かなかった。何とかならないかと家主のおばさんに訊くと、おばさんは首をすくめながら言った。

「あそこは土曜からお父ちゃんが帰ってきとるんよ。それも噂ではどうも偽装離婚やねん。母子家庭の生活保護に子ども四人の児童手当がまるまる手に入るやんか。子どもらは嬉しうてはしゃぐんやが相当うるさいやろなあ」

私は驚嘆した。時折そこに住んでいる愛想の良い茶髪の若い女と挨拶を交わすこともあったが、とても四人の母親には見えなかった。そんなことが、この日本で、しかも私らの部屋のすぐ下で許されているのだ。そのことへの怒りは特になかったが、そんなことがあるんだ、という発見の驚きがあった。

肝心の下の家へは「わしの方からよう言うとくわ」とおばさんは請け負った。私に残されたのは新鮮な発見だった。理念などという支えがなくとも、家主のおばさんもそれなりに人情を備え、階下の若い主婦もいわば堂々と生きているのである。

五　世間

私が〈村〉を出て四、五か月経った頃、私と前後して〈村〉を離れた仲間たちと連絡が取れ始めた。参画者が〈村〉を離れる動きは、次第に本格化し始めていた。当然参画を取り消して実際にJ会から離脱するメンバーもいたが、「町―村づくり」に関わったメンバーは参画を取り消したわけではない。当初彼らの生活費は、本部経理への申告によって保障されていたが、次第に削減され、いつしか自活生活に切り替わっていった。ともかくその拠点からいくつかのグループが生まれた。その一つが私たちの寄った通称「淀川グループ」だった。同じころ関東では八王子がその中核となった。

始めに私のアパートを訪ねてきたのは三原だった。彼はライトバンに乗って、ネギやジャガイモといっしょに中古の電子レンジを持ち込んできた。三原はJ時代蔬菜を担当していて、そのときと同じ紺のツナギを着ていた。しかしすでに三か月前、農産物を仕入れスーパーなどに納入する零細な仕入れ業者に就職していた。彼の持ち込んだ物は、私ら夫婦には貴重でありがたい物ばかりだった。

いわば夜のモグラ暮らしの私と違って、まだ五十代に入ったばかりの三原はよく日焼けし、私と同じくJ以来の習慣でタバコを吸わない歯は白く光った。靖代は仕事に出かけ、私はお茶しか出せなかったが、三原も仕事の途中だった。

「今はたいして気張ってもおらんのに、会社ではすぐ働きもんやと言われてくすぐったいよ。いやそんだけ昔はよう働いたというこっちゃ。理想社会建設でバリバリ燃えとったからなあ。しかしなあ、今となってみればそれもどっか裏切られたというか……」

「そうやぜ、理想に燃えてやる気充分、しかもタダ同然の労働力を使って、金儲けにうまくすり替わった感じやな」

二人とも、J会の経済的成功の前提となったここ十年という長期間、慢性的人手不足の時期を持ち応えてきた。しかもこの間、他を批判する前に己を問う気風の徹底は、人々を自己抑制の強い勤勉な労働者に変えた。だからいまの私にとってそれら理念と装備は、人間をただのアリに化すための詐術に思えてしまうときがある。

そしてJは税務調査の結果、莫大な財産を築いていたことが暴露された。「金の要らない」社会になぜ？ という驚愕が内外に走った。単純素朴な直感からすれば、「金の要らない村」ってのは、つくるのに巨額の金が要るらしいよ、という嘘のような話が本当だったりする。というのは、その実態は一般のJメンバーにはほとんど知らされていなかったからである。それはこれまでの労働の結果であり、増大する参画者の持ち込んだ財産であった。さらにJの〈村〉拡大や充実に相当な資金が必要だという理解はあっても、莫大な金額のみが突出して見えた。そのくせこれまでの生活支出、それに脱会者や街に出たメンバーへの生活支援は極めて吝嗇なものに思われた。

いったいどこをどう間違って、「イワンのばか」がアリの集団に変わってしまったのか？ ましてやキリギリスたちが存在する余地はなかった。しかしそこを飛び出したいま、こちらの社会の方こそ靖代がいうように、自分がアリにならねば生きていけない社会だった。かつては心ごとアリに変えたが、いまは心を隠してアリになることが生きる方便だった。いったいどちらがましなのだろうか。

三原は休日にフルートを習いに行く。それが私の創作と同じように、J時代に抑圧してきた彼の唯一のキリギリス的な趣味になっていた。しばらくして三原が連れてきたのは大島多恵子だった。たまたま木曜日で、私は夜は出かけなくともよい休日だった。靖代も夜は仕事がなく、久しぶりに得意の春巻きを揚げていた。それに互いの生活状態を知ってか、三原は野菜を、多恵子は発泡酒の包みを持ち込んできた。「靖代さんの手料理期待してきたよ」と多恵子は全然遠慮がない。それは三原も同じだが、J時代〈村〉も職場もちがい特に親しい間というわけではなかった。それは「遠慮なし」というJの理念を受け継いだものだが、多恵子の無遠慮はどうも天性に近い。

思いがけないことに、彼女は電車で私から四駅先の近くに住んでいた。はじめ昔やっていた看護助手の仕事に就いたが忙しすぎて辞め、今度はホームヘルパーを目指して、資格はあっさりとれたが、実際家事となるとお手上げだった。それでヘルパーは諦め、今はペットショップで働いていた。J時代に習い覚えた養豚の技術でペット扱いは上手かったらしい。

発泡酒の缶を傾けるとたちまちJの昔話になった。

「そんでもJは、かなりいいこともやってきたと思うよ。ただどうも真実を強調し過ぎたな。その過ぎた分だけ、そうなっていないところが胡散臭く見える。権威主義というのか、『未熟な自分たちです、まだまだこの程度です』という謙虚さがいつのまにか無くなっていたなあ」

多恵子がいうように、Jは理念の粉飾を外しその実態のみを公平に見れば、いまの社会ではなかなか成し得ない業績を上げていた。そこは堅実経営の大規模農家であり、したがって失業のない職場であり、また相互協力の優れた生活体であり、乳幼児保育と老後を保障された福祉施設であり、子どもらにとっては受験競争に巻き込まれない生活体験型の教育環境でもあった。なにを好き好んでいい年をした夫婦がそこを離れるのか、理解に苦しむ向きもあったろう。

多恵子の言葉で、私は初めて、日頃悶々と抱懐していた想念の核がコトバになったのを感じた。

「やっぱり『真実』というのがきつかったなあ。それがもっとどこかにあると思い込んでいる間は悪無限軌道やった。おれの正味はこの程度、このままのおれでどこが悪いと開き直ってからどっか楽になった」

「そう、その、そのままの人が、ひょっとしたら『真実の人』かもしれんやんか」

多恵子のその認識は私に感銘を与えたが、私はそこまで展開するのに躊躇を感じた。

「真実イコール幸福と昔は簡単に括っとったが、どっかに無理がある。やっぱり幸福というのは実感やなあ」

三原はそう引き取ったが、それは私の実感でもあった。多恵子は少し首を傾けたが、料理を運んできた靖代の「また難しい話？　久しぶりに会ったんだからさあ」という掛け声にすぐ乗った。まあおいしそー……

発泡酒の空き缶が転がり座は滅法弾んだ。私はこの楽しさ懐かしさはなんだろうと訝んだ。J時代、互いに研鑽会で顔合わせをした程度で、それぞれの前歴はほとんど知らなかった。それなのにいま旧知と会ったような懐かしさの只中にある。これは、あんなにも人がいたのにJでは知らなかった感覚、同志でもメンバーでもない、朋あり遠方より来る、の感覚だった。それは、「みんな」や「全人」を強調し、個人的に親しくなることをタブー視したJ時代の反動だったかもしれない。また孤独な長い時間と遠く隔てられた距離のせいかもしれない。

いつしか話は子どもらのことになった。三原の子どもは二人、下の中学生は親に付いて出たが、上は〈村〉に残っていた。多恵子は単身だが、子どもは一人。多恵子はJに参画する前にある政治党派に属していたが、その頃党派の方針で、同棲した同志との間に生まれた子どもだった。もう街で自立しているらしい。その子どものことを多恵子は語った。

「あいつは訊くんだよ。お母さんのいう全人幸福社会に、ぼくは入ってるの？　だって」

その問いは、まさしく私の胸をも刺し貫いた。その「ぼく」の中に、わが娘や息子がおり、わが親がいる。そして靖代は黙っていたが、その中に最も身近にいたわが妻が入っていたのかどうか。たしかにJでは「われ、ひとととともに」の「ひと」への愛とは、身近な人への小愛を越えた多くの人々への大愛を意味した。しかしそのことがいつしか道義的習慣と化してしまうことで、まま失われる心情があるのではないか。それはおそらく距離の問題ではない。そんな当たり前のことに改めて気づかされる思いだった。

それから多恵子は、時々私のところへ食事に来るようになった。

六　口座番号を教えろよ

あれから三原や多恵子の繋がりで、Jを離れた他の仲間たちとも寄り合う機会を持つようになっていた。その集いはお互いの住む所を訪問し合う回り持ちだった。そして彼らの居住した安アパートの狭い一室に、肩を寄せ合って近況を語れば、たちまち声高に賑やかになる。そこで慌てて唇に指を当て小声で制し合った。そこは思いがけず居心地がよかった。研鑽会というより、焚き火を囲んで山小屋でだべっているような感覚。このままいつまでも帰りたくなかった。

仲間たちは互いに全肯定の優しさに満ちていた。たぶんJ時代の理念のタガが外れ、いわばナンデモアリの境地にいたお互いだからだろう。それに時空を隔てて孤独に暮らしている同士だから「聞いてほしい」「聞かせてほしい」という気持ちが自然に湧いてきていた。初めて三原や多恵子に出会ったとき話題になった、「幸福とは真実だから『感』を超えたものという教義」は、私には次第に疎ましくなっていた。いいかえれば、いまふんわりと居心地がいいと感じるこの「感」にこそ、おのれとおのれの思想の土壌があると思うのである。そう思えばかつての〈村〉の暮らしにも、初期にはなにがしかの居心地のよさがベースにあった。だからあんなに長く暮せたのだ、と思う。

しかしいつまでもそのままで済むわけがない。どうしても金の話になる。

「病気になったらみんなにSOSを出すけど、いま娘の結婚に備えてお金を貯めたいの」

ある夜の集いで、施設のヘルパーで働いている貴子がぽっと近況を出したのをきっかけに、あれこれ話が湧き出してきた。

「そうか、自分らの年齢では、冠婚葬祭など色々物入りなことも出てくるよなあ。でもなあ、金はないし、だいたい喪服すらないよ」

「ああ、うちのがあるよ。合うかどうか分からんが、あとでサイズを教えて。必要になったら運んでやるよ」

実家が近くにある三原はその種の物は手に入り易いようだ。しかも仲間内の運び役を自認していた。こういう必要な物を融通し合う感覚は、〈村〉以来の自然な感覚だった。〈村〉ではみなが提供した式服類は衣装室に揃え、誰が使ってもいいことになっていた。

「そんなん遠慮なしでいこうや。あるとかないとかもあるけど、一人で悩んどらんで、まず足りないもの、欲しい物を出しおうたらどうなの。そしたらなんとかなるのも速いんちゃう。できんことばっか先に考えとったら、できるもんもできなくなるわ」

多恵子は元気がよかった。いつ見ても前向きで積極的だった。

「やっぱ正論の多恵子やな」と声がかかった。

それであれこれにぎやかに出しあって話が落ち着いた頃、まとめ役的な風格のある西沢が、こういうこともあるんや、と話を受け継いだ。

「おれが街に出てまだ仕事が見つからない頃、Jに入る以前の旧友に何年ぶりかで再会したんや。彼は事情を察して口座番号を教えろという。それで当座の生活資金を贈ってきたんや。それはものすごくありがたかった。それにずいぶん考えさせられたよ」

みな、ふーんと頷いた。感ずるものがあった。西沢の旧友の行為はたぶん理由がない。自明のようにそうしたくなるなにか。気が合うともいえるし絆が深いともいえる。そういう「友」は理念や誓約でつながった「同志」とはちがうようだ。私に街に出て初めて三原や多恵子に再会したときの気持ちが蘇った。そしてJに参画する以前の何人かの友の姿が明滅したが、いずれも遠隔地だった。

あの時の西沢のしみじみした述懐は胸に残り、彼らは口座番号をＦＡＸで伝え合った。集まりで生活情報が交流された後、時々互いの口座に正体不明の金が振り込まれた。私の家にも三万の金が振り込まれたことがあったが、それは娘が〈村〉を出て転がり込んできたばかりの頃、靖代が「あと二万もあれば少しは楽に」と告白した後だった。その送金に私は感動したが、靖代は「なんかママゴトじゃないの」と笑った。こちらからも仲間に送金することがあったから、そう見えても仕方がないだろう。

しかし私は、かつて村の経理に提案して金が出ないと失望し、金が出てもちっともうれしいと思わなかったJ時代を思い出していた。調整といわず「調正」という、その調正する人とされる人はわかる。しかしその調正を最終決定する人の顔はほとんど見えなかった。今誰もが働きに応じて口座を持ち、誰もが贈る人であり贈られる人でもある。この仲間のつながりが深まってくれれば、個を尊重しながらもややこしい契約の要らないグループファミリーやグループホームのようなものもできていくのではないか。仲間たちみな公言こそしなかったが、そういう夢想を抱きつつあった。

このことを機に、私は駅のホームでたまたま西沢と話す機会があった。私は不意に「文学学校に行きたい」と声をかけていた。時には思うこともあったが「大阪文学学校」のことを仲間に言い出したのは初めてだった。そりゃあいい！　と彼は大賛成だった。こうして私は大阪の文学学校に通い始めた。たしか昔、J会公報に教育関連のレポートを請われて書いた時期もあったが、あくまで一時的なものだった。週一通い、月謝が一万円だったか、ド貧乏でよくぞ自分で金を出す気になったものだ。靖代も暗黙に認めた。ふり返ってみればJは文章不毛の地だった。文学学校で標語になっていたのは「作品批評無制限、ただし作者への人格批判なし」であった。時折人格批判的なニュアンスがもたげた〈村〉とはちがって、この明快さが私には新鮮だった。こうして時には何かまとまったものを書く習慣が生まれた。

七　老後のこと

この集まりで、老後のことは当然にも大きな話題となった。しかし私と同様一向に深刻にはならなかった。

「働ける間は働くし、働けなくなったら野垂れ死にするだけだよ」

「葬式なぞあってもなくともよい。棺桶まで金を持ち込むわけにはいかん」

「子どもに金を残す必要もない。子孫のために美田を買わず、だ」

などと云い合ったが、これらはいずれもJ理念の死生観そのものだった。なかでも多恵子はひときわ声高で、云うことがすっきりしていた。

「老後の不安なんてのは、要するに人間不信の現われでしょう。だから自分だけでなんとかしようとする。金しか頼れんと思う」

それを受けて西沢も遠慮がなくなる。

「人間てそんな寂しいもんやない。お互いなんかあったら放っておけんやろ。その気持ちさえあったらなんとかなるよ」

三原もそれに補足する。

「それにいざとなったら、国には生活保護というありがたい制度もあるようだ」

それでみな意気軒昂となる。仲間が集うと出てくる現実逃避のカラ元気、いまだ煙幕に包まれたままの今浦島の集団にも見える。しかしここには「イワンのばか」のような心を片鱗としても抱えもった人々がいたともいえる。多恵子はそのバカの最たる存在であったろう。多恵子に限らず仲間たちのなかにこの心情があったからこそ、かつては身銭をすべてはたいて共同体に参画した。理由あって街に出てきてからも、乏しい稼ぎの中から金や物を融通し合った。私にとって老後についてのみなの意見は正論だし、しかも空疎な議論ではなかったと思う。これに徹底できれば、老後もなんの心配もないと思った。しかしその時なにも言わずに同席していた靖代は後になって、なんかへんだよ、と疑問を呈した。三原さんは親の財産があるからでしょう、多恵子さんはまだ若いから想像できないのよ、西沢さんはかなり高い年金がもらえそうよ、などと言い出した。私はうんざりし、お前はなんて邪悪なことを考えているのだ、と決めつけた。しかし靖代は、「私は絶対野垂れ死になんかしたくない、それと生活保護や老人ホームは嫌だからね」と強調した。私は、自分の老後は生活保護も老人ホームもなんの抵抗もなかった。場合によってはホームレス、野垂れ死にも致し方ないと思う。だが、それを嫌う靖代に自分の考えを強要することはできない。いちばん身近な人に不幸な思いはさせていいわけはない。

しかし靖代のなかにはなにか堅固なものがあると思う。もう三十年以上も一緒に暮らしながら、私にもよく分っていない。そのうち二十年の共同体での暮らしを経ても、靖代のなかで共同体的な理念は表層に留まったままだった。それはたぶん、結婚前の生家の親たちの堅実な生活感覚を引き継ぎ、理念とか理想なるものへの知ったかぶりの想像力を欠いていたからでもあった。それでよくも私についてきたともいえる。私は共同体にいる間何度か、靖代の深層にあるその堅固な常識的エゴイズムを崩そうとした。やんわり批判したつもりだが、彼女はとことん責められたと感じたのだろう。それは私への靖代の根元的な不信感を引き起こし、いまに至る後遺症になっている。それでもなぜか離婚しないでやってきた。男女は理念を同じくすることで共に居るのでなく、ある説明不能な相性によっていっしょに居るのである、と思わざるをえない。さらに、その時間的累積や子どもがカスガイになる。これは開き直りになるのかもしれないが、私なりに納得している説明だった

――

ともあれ、ことは日々の生計のことではなかった。事あっても働けているうちは友人間の援助でなんとでもなった。問題はもはや自力では何一つ稼ぎ出せない年齢後の暮らしのことである。仲間たちの誠実や純粋は疑うものではないが、仲間に依存する、あるいは依存し合うという発想は、自分たちが依存されることも考えれば、その不可能は歴然としていた。強力な稼ぎ手や財産家がいれば別だが、これでは貧しさの共有、共倒れに終わるしかないと思う。

だから仲間たちの議論では靖代を説得できないだろう。六十を過ぎて蓄えもなく、月十数万の給料しかないお互いでなにができよう。靖代からすればああいうのは、単なる心意気の吐露に過ぎず、ノー天気ではんかくさい幻想に過ぎない。私は靖代の現実認識の、おおよその正しさを認めざるをえなかった。

八　援助金への絶望

私は久方ぶりにJ会経理に綿々とした手紙を送った。シャバには退職金というものがあって、それが重要な老後資金になる。それとは性格がちがうかもしれないが、その部分に相当する老後保障がほしい。また年金の未納免除や退職一時金の返済分をなんとかしてほしい、と。J会を離れ街に出た時は当座の生活資金をもらっただけで、参画解消の手続きや将来の生活保障に関わるあれこれの問題はうっちゃらかしたままだった。私には喧嘩して飛び出したつもりはなく、一時的離脱の感覚が強かったからでもある。しかし私は総括メモや小説もどきを書き、仲間と交流しながら次第に整理がついてくると、自分の気持ちがJから離れているのに気づく。そのJとの関係にようやく決着をつける機会がきたと思った。

Ｊ会本部からやってきた川本は、経理も兼ねまめまめしく精力的な男だった。私のアパートでは娘が帰ってくる怖れもあったので、少し離れた都市のＪ生産物供給所で会うことにした。

「こちらでは仕事はできる間はするし、できなくなったら悠々自適で暮らす。だから個々に退職金をという考えはない。年金も頂くがそれも会にプールされるだけ。一時金の返還分や免除分をなんとかする、という考えもないです。いったんお任せしますと放された以上は、もはや個々の取り分がないという考え方ですから」

川本はにべもなかった。私は少しばかり釈然としなかったが、基本的にはうなずかざるをえない。この考え方は権利─義務観念をフィクションとみなすＪ理念として、私にも身に付いたものだった。またそうなるように〈村〉では老後も含めた生活保障を確立してきた。しかし、Ｊを出るのは本人の好き勝手とはいえ、一旦外に出ればその観念は人間の生死に関わる現実に転化する。その結果〈村〉なかにいる人間と違ってあまりにも老後不安が大きいのである。そのことに川本らはどう対処するのか。

「ただおっしゃる通り、これからの生活ということでしたら、考えなければなりません。

その際確認しておかねばならないことが。あなたはもうＪ会には戻ってこないおつもりですか」

川本はにこにこしながらズバリ本題に入ってきた。この種の処理に明け暮れているこの男の持ち味だったろう。私はすでに気持ちが離れており、もはやその意思はないと告げた。

「よく考えて下さいよ。返事は急ぎませんから。参画者としてＪ会に戻ってこようというなら、いつでも帰ってきてください。その場合は、こんな年金のことなぞ考えなくとも老後は保障されますから。残念ながらその意思がない、つまり参画を取り消されるというのであれば、多少の援助金を差し上げるということになりますが」

いつでも帰ってください、という言葉が私の胸元を甘美にくすぐった。一時は飛び出した人間にもこういうことがいえるというのは、この組織の理念の素晴らしさかもしれない。しかしその甘美さは、「援助金」という名の手切れ金の話でたちまち消えた。川本ははっきりとは言わなかったが、それは今後一切の要求や申し立てはしないという誓約を意味していた。

「その援助金というのは、だいたいどれぐらいのものですか？」

川本は首を傾げながらしばらく考えているふうだった。

「そうですね。いろんな人の事情にもよりますが、家族の関係とか、子どもの学費とか……、特にそういう事情がなければ二百万ぐらいでしょうか」

私は一瞬ぎくりとした。あまりにも少ないではないか。川本のにこやかな表情はたちまちその酷薄さを隠す仮面に見えた。しかしどんな風に少ないのか私にはまだおぼろげだった。川本はその様子を見知ったかどうか、どのぐらい必要なのか調べてまた連絡して下さい、と付け加えた。

川本との話を靖代に告げ、たぶん二百万という数字を聞いた時に、靖代は逆上し切れたと思う。私の背に向かってぶつぶつ言っていたと思うと、「ねえ私たちの人生ってなんだったの、私は一生懸命あんたについてきただけ。それがこんな歳になってこれっぽっち。もうお先真っ暗だよ……」と涙声になり嗚咽を漏らした。靖代の内心は、J会を離れることのあまりにも厳しい現実に衝撃を受けたといっていい。経済的な事情だけとは限らないが、夫婦でも別居あるいは離婚してJ会に留まる人もいたからである。

しかし私にはどう胸のうちを探ってみても、今さらそこに戻って住みたいという気持ちは出てこなかった。人はパンのみにて生くるにあらず！　ここ場末の、ナンデモアリの世界は、貧しいが心底彼をほっとさせる気楽さがあった。またいまやろうとしているJ会総括、整理や創作メモを放棄したくない以上、〈村〉とは距離を置いたここでやっていくしかないと思う。

「結局はもっと稼げということやろ。なんとかするよ」

「そんな言い方をされると私一人が悪いみたいね。私は必死に働いてるのよ。あんたのように余裕なんかないよ」

私は黙っているしかない。靖代のこの街に出てからの必死さというものを知らないわけではない。彼女は私と同じくハローワークに並ぶ苦労も、金銭のやりくり算段も二十年にわたって知らなかった。彼女の街暮らしへの無知からくる不安と心労は、どちらかといえば気楽、無頓着な私の想像を超えていたにちがいない。

九　連続テロ攻撃事件

その靖代の懊悩から逃げ出すように私は夕方の職場に出かけた。その夜からニューヨークの世界貿易センタービル、ワシントンのペンタゴンへの連続テロ攻撃事件の報道が始まった。超高層のビルに旅客機が激突する一部始終がいく度も放映され、私の目は巡回の合間にそれに釘付けになった。それは私には、人類一体の夢を枯渇させ、報復という手段を永遠に放棄し得ない、人類という種の黙示録的崩壊の予兆に見えた。もうお手上げだ。その幻滅は私の足元でも起こった。

翌朝、家に帰ると靖代は出会いがしらに怒鳴るように宣言した。

「よーし、私も決めた。あんたたちが好きなことをやるなら、私も好きにしていいのね。今日から私はあんたたちのご飯を作らないから、洗濯もしないから！　それからあんたは頼りにならないから、お金も別々にするからね！」

靖代は家を出ていった。バターンとドアを閉める音がまだせまい玄関口にこだましていた。家出かもしれない。残された私と娘は互いに顔を見合わせた。娘はまだ寝足りないような白っぽい顔をしていた。

「夜中中テレビ見ながら、あのぶつかっていったジェット機に乗って死にたかった、とわあわあ吠えてたよ」

私は絶句した。靖代のいう、あんたたち、の中に入っている娘は、街に出て少しは金になるパチンコ屋で働きながら、英会話学校に通いアメリカ行きを目指した。その後彼女はビザの要らない三か月いっぱい、ロスアンゼルス近郊で家政婦とベビーシッターを兼ねるホームステイを経験し、今は一時帰国していた。今度はその時引っかかりのできたアーチストに師事してデザインの勉強に行く。そのために向こうで必要な生活費を稼ごうと、昼夜とも目いっぱいに働いていた。

靖代は、だから二人分の生活の面倒を見ていたのである。私はやれやれと肩を落とし、今回はことだぞと思った。娘はなんの痛痒も感じないのか、ちょっと首をすくめただけだった。同性のせいか娘は母親に辛らつだった。

「もう二回、いや三回目？　またすぐ元にもどるんだから」

「やりたくないならやらんでもいいよと言ってきたんだから、おれには望むところだよ。不満たらたら飯を作ってくれたって、ちっともうまくないからなあ」

私のぼやきを聞きながら、娘はスーパー惣菜部のアルバイトに出かけていった。私は冷蔵庫からキムチだの納豆などを引っ張り出し、冷や飯に湯をかけて食事を始めた。ついでにテレビのスイッチをひねって連続テロ攻撃のニュースの続きを見た。どんな世界的な大事件や戦争ですら映像の彼方にある、と私はタカを括っている。しかしこの事件は少なくとも靖代の激昂に火を注いだ。こんな場末に暮らす私たちにも影響するからこそ、これこそは世界を揺るがす大事件といえるだろう。

しかし、自分も含め他者の人生をあんなにもあっさり無に帰してしまえるテロリストには、人生という観念はないのだろうか？　聞くところによれば、あの世に行ってから本当の人生が始まるらしい。それで死を恐れないという。これまたなんと明快な、いや乱暴な人生観だろう。そう思ってみて私はふり返る。私の人生の選択だって、この日本社会ではかなり乱暴なものだ。一度目は学生運動、二度目はJ会。よっぽど大バカでも三度目はない。普通人にとっては、そこまでできるほど人生は長くはない……

食器を流し台に投げ出し、ぼんやり考えているうちに眠くなってきた。さすがにテレビのスイッチは切ったが、もう少し呆けてくれればそのままだろう。横になって、うとうとしていると電話が鳴った。

「うまいこと命中したなあ。ありゃあ相当すごい技術だよ」

受話器を取ったとたん多恵子の感嘆した声が耳の奥に飛び込んできた。その溌剌たる声で目が覚めた。

「技術もあるが、あれは死ぬ覚悟だろ。そうさせる組織と理念のすごさだよ」

「そんなの大したこたあない。死ぬ覚悟はだれでもできるが、あの腕はだれでもというわけにはいかんやろ」

「へー、お前から見るとそういうことになるんか」

私は少し呆れたように言った。多恵子は純粋な技術論として言っているのだろうが、人並み以上にアメリカ帝国主義への憎悪が強いのかもしれない。

「しかしなあ、そういう死ぬとか殺しの方は、二十一世紀になっても確実に進化するが、人を生かす社会の方はさっぱりだなあ」

「そうよ、それ、それであたし腹が決まったわけよ。なんかズシーンと来たわけよ。あんなすごいことがやれるには、もう何年か前に画かれたシナリオがあって、着実に準備を積み重ねてきた結果やろ。それであたしもうかうかしておれん、もう行こうと決めたわけよ」

なんということだ、この事件は靖代どころか多恵子の決断にも影響していた。多恵子の声はころころと淀みなく、声のテンポと彼女の情熱との間はいささかの隙間もない。私にとってその声は魅惑的だったが、また始まったかとも思う。

「えっ、お前まさか、そのなんだ、アラブ?　いやアフガニスタンか。そっちに行くんか」

私は多恵子の過去の経歴を思い出しながら、いささか慌てた。彼女は昔党派のシンパとしてパレスチナ行きの看護婦を志願したが、何かの事情で計画が頓挫したようだった。ところが、今に至るも多恵子は息子のあの「幸福社会に、ぼくは入ってるの」という問いにもめげない、どこか強靭な神経があるのだろうか。

「とんでもない。あたしはまだ死にたくないよ。もっとよく生きるために《新しい街》に行くんよ。もっとももう少し先やけどね。まず仕事を辞めて、それから」

私はようやく地に足がついた感じがしてほっとした。それでもまだ完全に着地した感じではない。《新しい街》というヤツが不具合に引っかかっている。

「それで話に行ってかまへん？」

「いいけど、メシは出んよ。靖代とは今朝から決裂状態や」

「どうしたん靖代さん」

「いやあ、例の参画取り消しの件やぜ。老後が見えんと喚いとんのや」

私は多恵子の過激さを念頭にしていたせいか、靖代の過激さにも思い当たった。靖代は常識の側からの感情的過激だから立場は全然逆だった。これまでの経緯をかいつまんで話すと、

「あたしはまだ老後なんて考えたことはないが、しかし何とかなるというだけでは靖代さんも納得でけへんやろな」

多恵子は殊勝らしく答えた。彼女はまだ四十代後半だった。

十　命の長さは蓄えの金で

私は初めて本格的かつ真剣に老後の生活費を調べ始めた。なによりも靖代を安心させ落ち着かせたかった。これまで多少調べなかったわけではないが、それほど具体的になっていなかった。そもそも金の値打ちに関する感度はすっかり退化していた。J会での二十年の生活は、金を自分のために蓄えるとか、使うとかいう必要がほとんどない環境だった。その間銀行へなど行ったことはないから、通帳や印鑑にはほとんど縁がなかった。靖代が街に出てきたばかりの頃、銀行のATMが故障だというので調べに行くと、暗証番号との連動操作にてこずり、カードを何度も突っ込んでいるうちにそれが無効になってしまったのだった。

私もスムースに行ったわけではないが、さすがに靖代ほどではなかった。しかし、そんなことに慣れたところで空しさがいや増すばかりだ。夫婦合わせてたかだか二十数万円になるかならないかのやりくりの感覚では、自分の老後に向かっての蓄えというのは、極めてシュールな世界だった。こんなにも身体がぴんぴんしていて、なぜもっと稼げる仕事がないのか。しかもその身体ぴんぴんがいつまで続くのか、ほとんど予測不能なのだ。身体が衰えてきたら、医療費その他の生活費はおそらくかなりのもので、自分の些少な年金やこれからの稼ぎで補填が付く可能性はまずないだろう。

接続料を気にしながらインターネットで検索しているうちに、社会常識的には靖代の言う方が圧倒的多数派だということが分かってきた。靖代の方が現実を知るものであり、私の方が甘い。靖代の一見邪悪そうな言い分も、そこから発する不安の嗅覚からくるものだったと納得せざるをえない。例えば六十歳で年間給与が二百万円以下の最低の階層でも、預貯金残高が平均一五七五万円あるというではないか。全階層平均で三千万以上ということだったが、そちらは全くお呼びじゃなかった。ともかくそれらが老後の生活資金として日本庶民が用意している額なのだ。そんなことも知らなかったとはなんと迂闊なことだったろう。

おまけに心当たりにしていた生活保護や老人ホームの実態は生易しいものではなかった。

前者は抑制・切り捨て至上であり、後者は低額なほど長い待機が日常化していた。J会での理念の影響で後悔という習性はなかったけれど、苦い思いが残った。もうこんなことは、男なら早いうちにライフサイクルを描いて腹を決め、三十、四十代のうちにそのために奮闘していることだったのだ。その人生がたぶんアリのようなものであれ、その中で家族を守り子どもを育て、家を買いローンを払う。その引き受けるべきことを引き受けた自信によって、人生の円熟と老後の悠々自適が確保されるのではなかったろうか。それこそ庶民として許された順当な人生というものだろう。

しかし私が引き受けたのは、結局何だったのか？　J理念のいう「全人幸福」は口幅ったいにしても、世直し革命を目指し、自分や家族だけでない人々の幸福のために、共同体に参画した気持ちにウソはなかった。しかしその結果は家族すら救いえてはいない。常に失敗の可能性を孕む運動の論理からすれば、ことはそんな甘いものではない。そう言われてみればそれまでのことだが、いささか悔しい。子どもはいちおう共同体で人格的に育ったとはいえ、高卒の資格もない。娘は健気にもそのツケを引き受けて、アメリカで学ぼうとしている。そして靖代は老後への不安の最中にある。それらは全て私の二十数年前の夢想から発したことだった。それに気づくのが六十になってからとは！　靖代のいう、もう間に合わないかもしれないけど、男なら何とかしてよ、というぼやきが蘇り胸が痛んだ。

しかしどう算段しても結果が空しいことが見えてくると、私はやはりやりきれなくなる。この間までは命のある間は生きると思っていたが、どうもそうではない。核家族の子どもの数は、住宅事情と絡んで一人か二人であるように、命の長さは蓄えの金で決まってしまうようだ。そして疑う。なぜにかくも人は長く生きなければならないのか、と。その内実が空虚であれば、それは荒涼とした無意味な生存の連続ではないか。

昔の人間は今ほど長命ではなかったから、こんなことを考えなくともよかった。それよりもキリギリスのように盛夏を目いっぱい楽しみ、季節が来たら確実に死ぬ。天というか自然というか、それからの約束事をしっかりと果たすように。その方が価値あるように思う。だから私は必死になって書くことにこだわる。書くことがなくなったら死ぬしかない。いやそれ以前に、糧食が尽きたら野垂れ死ぬだけだ。その次元からすれば援助金の額などどうでもいいことなのだ。それらのことがどういうわけか靖代には通じない。キリギリスとまではいわないが、まさに今を生きる人と通い合う生の燃焼を靖代は感じたことはないのだろうか。そんなはずはない。どこかでその結果が私とは逆陰影にプリントされてしまったのだろう。靖代にはネガティヴな絶望に、私にはポジティヴな希望に。

そんなもんろくなことにならねえ、という靖代の呟きが聞こえてきそうな気がした。それも私自身の長い引き回しの結果だと考えるしかない。よそう。これはぼやきだ、開き直りだ。だからこそ、いまのいまなんとしてもこの算段に目鼻をつけねばならぬ。私は再び川本に手紙を書く気になった。

十一　同居人家族

わが家では奇妙な生活が始まっていた。三人三様台所と冷蔵庫の食料を使って適当に自炊した。それぞれの仕事時間がばらばらだったので、時間がかち合うことはなかった。私ら一家にとって、外食は高価過ぎて考えられなかった。家族三人のことを考えて靖代が買いだめしてあった冷蔵庫の食料は、一部の調味料などを除いてたちまち尽きた。あとはそれぞれおかずかその材料を買った。靖代も娘も家事はベテランだったから、この決定の最大の被害者は私だった。

私は土、日の食事の必要から炊飯器を職場の宿直室に持ち込んでいた。そこで炊いたメシをタッパーに詰めて家に持ち帰って食べた。私はおかずのレパートリーがほとんどないも同然で、納豆と漬け物、卵かけご飯で済ますか、ばかの一つ覚えのように具沢山の味噌汁を作った。食べ残しは誰も食べなかったので、初めて量の加減を意識した。他の二人の残った物は冷蔵庫に突っ込まれていたが、その恩恵に勝手に与っていたのは私だった。時々娘の予定の野菜サラダまで手を出して怒られることもあった。〈村〉の宿舎の共用の冷蔵庫に、名前入りの食品が詰まっていたのを思い出した。うちももうそれに近いなあ、とへんな感慨が走った。ともかくこれは家族ではなく同居人の生活だった。快適ともいえるし世知辛いともいえた。

作業量的にいちばん快適だったのは靖代だろう。共同体の時代、靖代は養鶏に専念していたから、ほとんど家族のための食事作りをしなくてよかった。〈村〉では食事は食料部という半ばプロ集団の手によって提供されていた。また幼児の世話の多くは同じく育児部によってなされていた。だから家事・育児が好きでなかった女性、共稼ぎの繁忙を知り尽くした女性からすれば、そこは天国のような場所だったろう。だからそこを離れる女性が一番躊躇したのは、このことだった。

洗濯は私も始めはやってみたが、脱衣籠に入れておくといつのまにか靖代や娘がそれぞれに洗ってくれていた。娘に聞くと、あれは溜めて洗った方が効率いいってお母さん言ってたよ、という。それならメシだって同じだよといいたくなるが、それが許されない現状だった。靖代は私とは必要最低限の口しかきかなかったから、娘がうまい具合に橋渡しをしてくれているようだった。靖代も、街では予想通り仕事以外に一挙に家事が増え、かなり頑張りが続いたといえるだろう。靖代がその家事労働に縛られなくて済むのは同感する私だが、食事作りが大儀になってくるにつれ、だんだん世知辛さが先行するようになった。

こんなの家族か、という思いを私の言外の態度で感じとった靖代は、「家族を守ろうとしないで、好きなことをやってるあんたは、家族を振りかざす権利がないの」と決めつけたことがあった。ところがその時、娘はこと自分のことについてだけは靖代に堂々と楯突いた。

「だっておカアちゃんは、親でしょ。可愛い子どものご飯を作るのが仕事でしょ」

靖代は「もう二十四になっても親のすねかじりかい」と一蹴したが、私にはこれはすこぶる小気味いい要求に聞こえた。いまの私だったら、妻ならちゃんと夫の飯を作れとはとうてい言えない。しかし娘の要求の裏には、共同体で長い間親子別居の暮らしをしており、家族というものに未知の憧れがあったろう。また実際昼夜の稼ぎの忙しさも手伝っていた。

共同体での親子別居は、子どもの可能性を考えて親の狭い枠から開放してあげたつもりだった。

しかし私たち夫婦に、どこか親としてやるべきことをサボってきたのではないか、という負い目がなかったとはいえない。娘はそこに意識的にか無意識的にか取り入っている節もあった。とはいえ娘は別に親を恨むわけでもない。どこかしら私への怨念を孕む靖代に比べれば、自分の置かれた状況を人のせいにせず、自分なりに捉え直した自立性があった。たぶんそれが大人になるということなのだ。どこでそれを身に付けたのだろう。だから靖代が嫌だといえばそれに固執はせず、どちらに転んでもホイホイとこなしていく軽妙さがあった。

スーパーのアルバイトから帰った娘は、夜にはまたパチンコ屋に出かける。その間家でつかの間の休息を取るのだった。

「お父ちゃん、音たてんといてや」と娘は私に声をかけ、隣の六畳のふすまとカーテンを閉めきって布団をかぶる。アメリカでのデザインの勉強を目指す娘の努力は、私には眩しく健気に見えた。老年になってただ当てもなく好きな道を歩もうとする私よりは、それはずっと夢があった。今は何の力にもなれないが心からの成功を願うしかない。しかしその成功はおそらく並大抵のことではない。むしろ二十代の娘らしく、結婚を前提にした普通の仕事に就いてもらった方が堅実だと思わないわけではなかった。そう思うのは、私自身の若い頃の夢の挫折を意識せざるをえないからだ。

「お父ちゃん、今日はなに食べた」

娘は午睡から目を覚まし、ひとしきり英会話のテープを聞いた後、ふすまを開けて私に尋ねた。

「はは、ご飯の上に豆腐を乗っけて醤油をかけながらかき回す、豆腐どんぶりだよ」

「へえ、哀れだなあ。なんかお母ちゃんから徹底的に干されてる感じやね」

「そんなことないよ。お母ちゃんは、今度は妥協しないで自分の方針を貫いてるんだよ。おかげでおれは好きなもんを食べれるし。豆腐どんぶりなんて久しぶりだよ」

「また負け惜しみ言って。ああそうだ、ふだんはダメなんだけど今日は持ってっていいって」

娘は、スーパーの惣菜部からもらったマカロニサラダをタッパーに詰め冷蔵庫に入れてあることを告げた。

「いやあ、ありがたい。今晩のおかずはこれで十分だよ。ありがとう」

「なーに、そのありがとう、って。いやらしー」
娘は顔をしかめた。〈村〉ではしてもらったり、して上げたりする暮らしが当たり前だった。そこで育った娘には、あらたまった感謝の表現はきわめて異様に聞こえるのだろう。ましてて家族であればなおさらだ。私もそれは同じだったが、街に出て頭を下げる機会が増えるにつれ、ついつい「ありがとう」が出てしまうのだった。

おかずを始めは作っていた私も、職場の近くのスーパーで買うようになった。日中は主婦層以外に、ジャンパー姿の似たような初老の男たちが目立った。みな年金暮らしだろうか。安いおかずを探すとき、私は胸がときめいた。おかずの予算は一日三〇〇円以内に限定した。割引は夕方か夜だと分かったので、出勤前か、出勤して一巡してから職場を抜け出し買い物に行った。六十過ぎの男が百円玉数個を握りしめて、夕方のスーパーの雑踏に探しに行く。わびしい思いもしたが、私にはどんなものに出会うか楽しみだった。が、結局は煮しめの半額割引か、百円しないカレールーか、サラダの半額割引を買って帰るのが常だった。魚や肉などは高いばかりでなく、調理がややこしそうで手が出なかった。それでたまには安いサバ缶で代用した。簡単に漬物でお茶漬けと思ってきたが、漬物の高さに驚いてだんだん買わなくなった。共稼ぎらしい若い夫婦がどっさりと食品を詰め込んだ袋を下げてレジを通ったあと、私は一品や二品をレジに差し出すのはさすがに気が引けた。

しかしその一方で不思議な高揚感も付きまとっていた。たかが餌あさりにすぎないのに、昔男が狩りに行くのもこれに近いかなと大げさな想像もしてみた。

十二　夫婦温泉旅行

同時に私は職探しを始めていたが、その影響でいっそう狩り意識も出てくるのかもしれない。もっとも多少の空元気も混ざっていたという方が真相に近いだろう。男として靖代を安心させるということは、もっと働いて蓄えるということに尽きた。今の警備員としての仕事はウイークデーの日中が空いている。そこは私にとってかけがえのない物書き趣味に集中する時間だったが、背に腹は代えられない。

隔日三日数時間ぐらいのアルバイトはないだろうか。またすんなり転職できそうな仕事はないだろうか。ハローワークに通い、パートサテライトに通った。毎日曜の新聞挟み込みの求人広告を見た。年齢と時間帯で合う仕事はほとんどなかった。たまたま連絡をとれたところの反応は冷たかった。

「男さんなあ、建築現場の片づけいうんは、意外におばはんたちが役に立つんですわ」

「スーパーで隔日というのはなあ、いろいろ覚えてもらわんならんので具合悪いですな」

そのうち、トラック運転手ならまだやれるかもしれない。深夜稼働の交通警備に切り替えようか。高速道の代金収受員は意外に待遇がいいようだ……。


あれこれ当たってみるが、仕事はさっぱり見つからない。しかしおかしな話だが、これは不幸な状況であるはずなのに、私の胸は安い食料探しと同じくときめくこともある。どっかに何かあるかもしれないという期待しかないが、そこには思いがけない発見もないことはない。有給休暇のあるわけではない劣悪な職場だから、私は滅多に休むわけではないが、体調が悪かったり、たまの野暮用で職場を休む時がある。代行の男は私より十歳ほど若いが、いつも『歴史読本』を持ち歩き「建設現場も今はさっぱりあきまへんな。ここじゃ一泊すればドヤ賃代わりに金が入りまっしゃろ」と達者な大阪弁で自分の境遇をぼやいた。そして「たまたま電車賃の持ち合わせがありまへんのや」と私から千円を借りた。私は彼をなんとなくうさんくさく、またその点では同病相憐れむ感触で付き合ったが、この男もガンバってるんだという気持ちになってきたのである。またアパートの階下に住む偽装離婚の若夫婦への見方は、すでに肯定から賛嘆に変わっていた。

人の生活に張りを持たせるのは適度の緊張感だろう。しかも食と職が得られないという不安こそが、その緊張の最大の源泉になるのである。それが古今東西の庶民にとって廃れぬ真実であるようだ。そんなことはあまりにも分かり切ったことであるはずなのに、私には改めて新鮮に思えた。人々をむき出しのアリの労働に向かわせるのは、そこからであるはずなのに。私は共同体で長いこと、人間の意欲は理想に向かう、いいかえれば他者を想う純度によって沸き上がるものだと考えもし実感もしてきた。

しかしいまの自分を捉えている意欲は、生存への欲求という純粋に動物的な危機感から発していた。そしてこちらの方が、なにかしらウソがないようで落ち着けるのである。

ある日、私たち夫妻にとって全く想定外の夢が現実となった。しばらくニューヨークテロ攻撃事件などで途切れていたグループの往来が始まっていた。届いたＦＡＸには、私たち夫妻にプレゼントだという「どこか二人で温泉旅行に行ってきてよ」という内容、しかもすでにかなりの額の金が振り込まれていた。私は一瞬やられたと驚く。靖代も「そのまま貯金しておきたいわ」と苦笑しながら、まんざらでもない表情だった。夫婦そろって温泉旅行に行くなんて、ずっと昔をふり返っても想い出すことができない。

それで島根の温泉から隠岐の島へ、さらに出雲大社へのコースを選んだ。隠岐の島には〈村〉出の旧友夫妻が暮らしていた。彼は、ここは漁師の人手がないから大丈夫だと元気そうだった。

旅のつれづれ、お城の周囲を漕ぐ舟がトンネルを通るたびに発する皆のかけ声や、大社の巨大なしめ縄に手で触れようする所作など、いい年こいて無邪気なもんだと思いながら楽しんでいた。好天続きで満々足で、帰ってからもまったくどうでもいいようなことが想い出され、夫婦の話題はしばらく尽きなかった。そういう夫婦二人であれば考えられないような軌跡を描いた友がいたということ、それをなんと心得、なんと表現したらいいのか。私はそれとなくこの企画の出所を探った。ナイショということだったが、推測はすぐについた。多恵子も一枚かんでいた。

今回もやはり西沢が言いだしっぺだった。それも有志だけの画策である。こういうちょっと手の込んだことは彼の分野というしかない。

「いやあなにね、ほらJさんのテキストにあったでしょう、家族そろって温泉避暑にってのが。ところがその奥にもう一枚あったのよ」

このテーマはまさにJ氏の「知的革命」の重要な要諦の一つとして示されており、このテキストはJ会入門時の資料とされたが、テキストの奥の方でもあったためかこの部分まで研鑽の対象になったことはなかった。そこには労働の神聖を否定し、牛馬に劣るバカ働きを皮肉り、「なるべく働かないための研鑽を」「将来は一週十時間か五時間くらいの労働で」が掲げられていた。

これはまさに労働強化の時代には、触れられては困った内容だったことも予想される。そのうちいつしか仕事が緩やかになって今の事態に入る。このテキスト自体は共同体〈村〉づくりが対象ではなく、一般農家が対象だったこともあろう。それでもJ会総括についての重要資料になると確認し合いながら、残ったのが温泉旅行の話だったらしい。順番に行こうやということで選ばれたのが、ほぼ最年長の私ら夫婦だった。

いうまでもなくこの部分は、M氏らの経営路線成功で結果オーライになりつつある。もちろん今さらどんないちゃもんもつけられないからこその私らの今であろう。とはいえこんなこともできるのが私らグループの持ち味だった。いいかえれば仲間とか友というのか、どこか本音が通じる間柄だったからでもある。

それはこのグループメンバーの最初の出会い方にある、と私は思い返す。あの時、あの場はみなにようやっと「本音を吐ける場」だと認知されたことが大きい。私はそれに甦生感すら感じたが、私だけではない。つまり〈村〉を出るまで〈村〉内ではそんな場所はどこにもなかったといっていい。その〈村〉離脱の決断は、当初はほとんど孤独に、あるいは夫婦単位でなされていた。その後はかなり集団単位の動きになっていったが。

ならばあの〈村〉はいつから、なぜ、どのようにして「本音を吐けない場」になってしまったのか？　あの清貧を絵にかいたような初期の〈村〉では、まずそんなことはありえなかった。私があの〈口座番号の報告〉という一見無茶な試みに感じたのは、まさにこの初心、すなわち他を思う心だった。そしてまたこの初心もいつ形骸化されるかもしれないことに思い至る。

ともあれここシャバでは、その貧しさ、危機感がベースにあり、そこに自己保存というエゴと他者への愛という葛藤を経過するからこそ、仲間たちとの間で物や金を贈られたり贈ったりする嬉しさは、格別心に沁みるものがあるのだろう。J会創始者のいう「他の悲しみを自分の悲しみと思い、自分の喜びを他の喜びとする」という思いはまさにJの〈村〉よりも、ここでこその実感だった。それは取組みのちがいというより、意外にも場のちがいが大きいのではなかろうか。
私は萌してきたこの思いをメモに記した。

かつて〈村〉ができたのは心ある行為によって
〈村〉が成り立つのも心ある行為によって
やっかいなのは心が見えないのに
〈村〉が成り立っているように見えるときがある
一体式という形によって　一つ財布　愛和館一体食堂　一体作業
たしかに形は私有でなく個別でなく競争でないようだが

十三　《新しい街》とやさしさの磁場

《新しい街》のことは私も知らないわけではなかった。そこは東海のある地方都市で、J会からの離脱組によって、新たな都市型共同体が模索されつつあった。J会本部の元幹部の一部が画策しているというもっぱらの噂だった。いわば私らのような散発的な「街―村づくり」の動きではなく、これまで様子見だった〈村人〉の大量参加が見込まれていた。当然、消費社会の只中でいかに個別自由性を確保しながら、「財布一つ」の一体性を実現するのか。それは、これまで都市グループで寄り合ってきた私たちの一応の目標でもあったが、それほど強い目的志向性を持ってはいなかった。その前に、〈村〉のあれこれについての総括、経営のこと、子どものこと、対外関係など、確認したいことがいっぱいあった。また当面衣食の道の構築は最重要だが、同時にそこに自分の持ち味、生き方をどう盛り込んでいくのか。私にとってその自己実現の観点で考えれば方向は多様であり、「財布一つ」は必ずしも直接の目的ではありえなかった。しかしなにかと積極的な多恵子からすれば、おそらくその遅々とした動きに飽き足りなくなっていたのだろう。

その《新しい街》では、当初は各自思いのままに仕事を選んでいたが、最近清掃業や便利屋などの派遣業、ホームヘルパーなど誰かと組んでの仕事も目立ってきた。住む所も少しずつ結集地ができつつあった。多恵子によれば「一つのアパートの各階にうちらの仲間が二、三戸も入ってるんだよ。そのうち一つのアパートがうちらの仲間だけになったらすごいと思わん。子どものことでも、お金のことでも、困ったらすぐ声をかけ合って何とかできるだろうし、いっしょに何かを始めることだってできるよ」という。

「J用語を使う奴がいっぱい嬉々として飛び回っていれば、まわりはすごいプレッシャーだろうなあ」

「そんなことないよ、まわりとも仲良くするんよ。いまのようにお互い離れたところで、ちぢこもって暮らしていたって何も始まらんやんか」

「そりゃあそうやな」

そういうやり取りがあって、私はつい一か月ほど前、夏休みをとってそこへ行って来たばかりだった。参加したのは全体集会的な研鑽会の場だった。テーマも特にないようだったが、当然J会への批判から、共同体の多様な在り様の模索や、J会創始者に帰ろうとする原理主義的志向も介間見えた。そこは私ら大阪グループと違い若い層もかなり参加しており、多恵子のいうようにある活気も感じさせた。

ただ逆に私にはそのスタイルが気になった。その流れの合間に、元幹部の一人の総括的な反応があり、かなりのメンバーがそれに首を振っていたのである。私のなかに「なんだ昔と変わらないやないか」という思いが擡げた。語っている内容は確かにちがう。しかし〈新しい酒は新しい器に〉盛られているようには見えなかった。私はその昔のリーダーへの追従的態度や互いの依存、持たれ合いのにおいを嗅ぎとると、もうダメだった。人々をアリの集団に変質させたJ指導部の一元的な権力集中から離脱した彼らは、ゼロに戻ったのではないのか？

もちろんまだ始まったばかりの混沌流動であって、すべてこれからの課題ではあるだろう。しかし、その従来の既成を引きずった姿は私の神経に障った。逆に小規模であっても自分たち《淀川》で感じやってきた、本音の解放感や手探りナンデモアリの自発性が、ここではどうなっているのか気になった。ひょっとしたら逆に小規模だからこそ、それは可能なのか。ここが個別に〈村出〉を決断してきた自分らと違うのは、ほとんどが誘い合ってこの動きに参加したことだった。だから《新しい街》の新しさなるものも単なる衣装にすぎず、実質はJ会の総括がそれほどなされてはいないのではないのか。もちろん自分らもそうではあったが、やはり私は多恵子と違ってそこへ飛び込む気にならなかった。

「混ぜご飯を作ったけど食べたけりゃ食べていいよ」

私のなかの何とかしたいという努力が、少しは伝わったのだろうか。靖代は珍しく声をかけてきた。私は靖代のこの変化をいつも不思議に思う。たまに激昂し始めると鬼のように恐ろしいが、平静になると信じられないほど明るく優しくなる。だから娘と同じく靖代の激昂にたかをくくり、その間は目をつぶる習性ができていた。それも今回はかつてない激震だと思っていたが、過ぎてしまえばこれまでと変わらないと思えてしまう。

「へえー、ありがたい。久しぶりにまともなご飯にありつけそうだ」

炊飯器から立ち上る煙は、鰻のにおいを漂わせていた。お前の料理がなくてもへいちゃらだよ、というポーズをとり続けてきた私もこれにはイチコロだった。

「えらい豪勢だな」

「こんなの買えるかい。お店からもらったんだよ」

しばらく口ごもったあと、靖代はなにげなく訊いた。

「ハイウエーの集金の仕事って大丈夫なの。排気ガスがもうもうとしてるし、これからは吹きっさらしで立ちんぼだよ」

「まあ応募者は多いし、かなりかっちりしたところだから、まず受からないだろ。それでも二十二万の給与で六十五歳まで働ける、おまけに有給休暇がかなりある。これは魅力だよ」

私が勤務している警備員の仕事は来年三月で契約切れだった。

「あんたは肺が弱いんだから無理せんとき」

鰻のにおいといっしょに吸い込んだなにかで胸が蒸せた。そして目元が熱くなった。靖代の優しさを感じたのだが、ただそれだけではないような気がした。

私は思う。ふだん疲れ固まっている私はそんな涙もろくもないし、やさしくもない。もう歳で涙腺が弱くなったせいだろう。ただなにかに触れたような気がする。やさしさの磁場というのか。それはたぶん悲しみと不幸の場に虹のように架かり、触れるとやさしさが吹き出す。やさしい人に育たなくとも、やさしい人になろうと取り組まなくとも、やさしい人になれと強持てに迫らなくとも、その場に触れたらだれでも吹きだすやさしさ。やさしさがないのではない。たまたまそういう場に出会わなかっただけかもしれない。

それから時々靖代は、おかずの一品を作って冷蔵庫に入れておいてくれた。やはり気が向いた時には、彼女は料理に向かう。根が好きな質だった。それが家事というネバナライ日常の連続、いわば〈制度〉になるとたんに様相を変え、それに縛られたくないとなる。比較の対象にはなりにくいが、J会も理想に向かう各人の自発性が共同の核心にあった。どこかで巨大な制度に化していた。靖代がおかずを作ってくれるのはありがたいが、スーパーでおかずを探す楽しみがなくなるのが残念にも思う。だがそれを断るだけの確かなものもない。

十四　生活援助金受領

「――検討してみました。五〇〇万までならなんとか出せます」

J経理川本からの電話を聞いた時、私は一瞬頭が真っ白になった。諦めていた援助金が予想より一挙に倍増した。これならなんとかなりそうだ。私は正直ほっとした。不遇続きで、おれはどうもついてないよなあ、という諦めにようやく光が射してきたような気がした。高速道路の料金所収受員の口は、応募者が多かったのか、あるいは少し変わった履歴が災いしたか、書類審査であっさり落ちていた。

あの後、私は川本宛に書いた手紙で、老後の窮状を資料付きで綿々と説いた。それが向こうの経理にある程度通じたのだろうか。いうまでもないがこの金額は、私たち夫妻の参画取り消しへの見返りなのだ。六十歳になってからの参画解消はあまり例がなかったから、ある程度認識を新たにしたのかもしれない。彼らも組織防衛だけのドケチではないようだ。

五〇〇万という額は、J会にとってどの程度の出費なのか私には見当が付かない。そこに居た間はゼンコ勘定にはずっと関心がなかったし、経理はその種の内容についてはいっさい公表してこなかった。ただ私は、これは以前に聞いた額よりかなり高いような気がした。個々の家族の生活状況の評定以外に、これまでのJへの貢献度の評価が入っているのかもしれない。擡げた少々ぬるい誇りの感触が、たちまちうそ寒い羞恥に代わった。たしか私には、広報拡大面である程度実績を上げた時期があった。しかしその実績の背後にあったものは、子どもの学園入学増による参画者の〈獲得〉だった。

そこに思い至ると、私は不意に触れたくなかったものに気づく。それはこの援助金について、グループ内で互いに確認し合ってこなかったことだった。そこに自分たちの限界のようなものを感じた。しかし今更過去の組織への貢献度もくそもない。全部チャラにしての交流こそ、これまでの発想の元にあったものだった。ならばその流れこそ最も大事なことで、いずれテーマになってきた時点で考えればいいことだとも思う。それに今の「財布一つ」もあくまで試験的なものであって、私には固守する意図はなかった。

ともあれ、まずそれが自分の口座に振り込まれた時の途方もなさを想像した。なにしろ給与を振り込まれた時が六桁で、給与前が五桁ないしそれ以下、そういうサイクルの中に、私が見たことのない七桁の数字が一挙にぶち込まれるのである。しかし五〇〇万は老後の生活資金としては、この間私なりに必死に計算したから、大したことはないと見当は付いた。働かないで無収入なら、毎月夫婦二人二十万入用だとして二年ぽっちの生活費にしかならない。いずれ、どう足掻きようもない乏しい年金のみの生活は、ぽっくり死なない限り必然だが、それへの補填用として大事に蓄えておかねばならない。それでも知れているから、あとは可能な限り倹約し、働けるうちに稼ぐだけである。そしてあとは――その結果を受け入れる覚悟だけだ。

夕方仕事から帰ってきた靖代に五〇〇万のことを伝えると、靖代はなにも言わなかった。私は思いきって誘ってみた。

「よう、明日寿司でも食いに行こうか」

靖代は明日は休みだった。

「どこにそんなお金があるの。あれは五年十年先のお金でしょう」

「そんなこというなや。いつまでも辛気くさいのはかなわんよ」

私は憂さを晴らすのは、回転寿司でも食うか、家で焼酎を呑む術しか知らなかった。隣の部屋から娘の声が聞こえた。

「私も行くよー」

娘も明日は夕方まで空いていた。

「よーし、そんならお前と行くか」

翌日になって靖代も付いて来ることになった。私はほっとして、少しばかり嬉しかった。そういえば娘はこのアパートに来たばかりの頃、私たち二人を前に不思議そうに尋ねたことがある。

「このうちは休みでもどこも出かけないんだね」

どこにそんな金があるの、と靖代は同じセリフで嘲笑したが、娘はあくまで長閑だった。

「だって私が稼ぐのもアメリカに行くためよ。オカアチャンは何のために働いてるのよ」

私は同調しそうになったが靖代に遠慮した。老後のため、という観念は娘の想像の範囲を超えているらしい。

その寿司屋は最近開店したばかりで繁盛していた。カウンターに座ると、娘は中ジョッキを二杯注文した。自分は仕事で呑まないからといってウーロン茶をとった。

「はい、私からのプレゼントだよ。はい乾杯。まあ、お父ちゃんもお母ちゃんも仲ようやって」

それから娘はぱくぱくと寿司をほおばった。靖代は、少し目頭を押さえ照れ隠しに、まあお前カッコつけて、といった。私はへんに気恥ずかしくなって、ジョッキをぐいとあおった。

しばらくして靖代がトイレに立つと、娘は靖代のジョッキから二口三口呑んで私に片目をつむった。おう、おいしいという茶目な娘を見て、私は吹き出した。帰ってきた靖代はしばらくして、あれ？　かなり目減りしとんなあ、と不思議そうに言った。娘は、お母ちゃんだいぶ呑んでたもん、とニヤニヤ笑った。靖代は娘の様子ですぐ察し、どっかにすばしこいウワバミがおるわ、と笑った。

私は昼日中から赤くなったが、靖代はなんでもなかった。靖代は料理屋に勤めているせいか、時折ビールなどを勧められて強くなっているようだ。

私はここに来るたびに、回転寿司の仕掛けに感心してしまう。老若男女誰が来ても、どれか口に合うものがある。種類が増えるほど、ますますそうなっていく。食べたい時に、食べたいものを食べ、食べることを、あるいは食べないことを誰からも強制されない。ここでは誰もその心の在りようを問わない。身近に居るのは気心の知れた家族だけだ。なんと気楽で自由なことだろう。欲をいえば、この回転する皿の上に様々な心を乗せて、他の人々との間で拾ったり拾われたりしたら、なお楽しく面白かろうに。拾わない心、無視される心もあろうが、最終的にはどこかに落ち着く。

あの共同体Jでの食事は、出されたメニューに自分が合わせること、随時できていくテーブルの構成員を、一家族であるとみなして取り組むことになっていた。いわばイワンの家の食卓につく資格のようなものかもしれない。

「ただ、この国には一つの習慣があります。手にたこができている人は、食卓につくことができるけれども、たこのない人は人の食べのこしを食べることになっているのです」

これはなまけ者を手で見分ける実に厳しい習慣だが、Ｊの場合は「手にたこ」の自然性はなく、あったのは「一体食堂」としての取組みの意識性だった。それは理念を絡めた仕掛けとしてはなかなか巧妙だったが、いわば働きの悪い人には少々窮屈なしろものだったかもしれない。それよりも私に蘇ってくるのは、最初に参画したJ会北海道別海の〈村〉だった。その食堂は部屋にこもったままで食事だけにやってくる若者もいたが、〈働かざる者食ってよし〉の世界だった。それはすでに「イワンのバカ」の世界を超えていたのである。

あのねえ、と娘がお茶をぐっと一息のんで言った。

「テロは心配やけど、私は十一月にはアメリカへ行くから、お父ちゃんもその頃にはなにかいい仕事が見つかるやろ」

向こうへ行ったら住むところがあるのか、ちゃんと食っていけるのか、娘の説明だけではおぼろげだった。多恵子のようにそこへ行けば仲間がいるわけではない。しかし私ら親の経験しない世界に飛び出そうとしている娘には、もはやなにもいえることはない。ただ若いということは大したもんだと思うだけである。私の脳裏には、昨年初めてアメリカ、ロスの地を踏んだ娘の驚嘆のメールが焼き付いている。

「お父様、お母様、姫は、ついにアメリカの地を踏みましたぞえ。ちょーエキサイティング！！っす。外人ばっかよ。ちなみに、初めてドル札で買ったものは、ものすっごーくでっかいフルーツジュース。ここの家は、すんごく広くて、閑静な住宅街にあって、なんと！聞いて驚くなかれ、私、いっちょ前に、一人部屋をいただいてしもうたでよ。うっしっしベッドよ、ベッド」

娘の高揚した歓喜がもろ伝わり、私は久しぶりの幸福感に包まれた。これはまさに現代のお伽噺ではないのか。ここには娘の二十四年の鬱屈が全てが吐き出されているようだ。よくもそんなことを喜べるものかとも思うが、「一人部屋のベッド」で、これまでの学園の宿舎やここでの親との同居生活への解放感がありありと刻まれていた。そこには私たちのJ会離脱の一因となる学園理想の挫折があった。「教育から学育へ」というJ会理念がいわば裏切られ、実学が実質作業に変貌、子どもらの生活環境も（のちになって次第にあからさまになってきたが）しばしば体罰によって管理されていたのである。それも、ほとんど係任せにやってきた私たち親の責任も免れないが。

娘が前に滞在したホームステイの奥さんから、家事の仕事はパーフェクトだと誉められ引き留められた、というから今回も大丈夫だろう。それも生活体験重視の共同体教育で身に付いたのだから、その点ではJ会もオールナッシングではない。学歴のない彼女にとって、才能はもちろんだが、チャンスを物にする度胸、プラス思考、愛嬌と軽さが将来の保証なのだ。

――やばい、突然私は口を押さえて立ち上がった。どうしたの、という靖代や娘の怪訝な顔を後目に、手洗いに向かった。ポリグリップが溶けて入れ歯が外れかかっていたのだ。ポケットを探ったが、こんな所へポリグリップのチューブを持ってくるはずはなかった。どうしようか、まだ食べ足りていないのに。そう、まだまだ食べ足りていないのに。立ち往生した私の顔が正面の鏡に映った。それはほとんど見たこともない老人の顔だった。入れ歯を外した顔の鼻下の部分が凹み変形していた。アルコールで赤らんだ斑点と染みが点在する顔、まぶたの下のくぼみは深く、頬はこけ、額のしわとくしゃくしゃの頭髪の白髪がぐんと目立った。これまで鏡などじっくり見る習慣がなかった。また白昼光下で見たからかもしれない。そこには人生の円熟も老成もなかった。老醜キリギリスなにをほざく。

私は鏡の前で嗤った。そこには明らかに煙幕が晴れた後の、今浦島の現実の顔があった。

終章　漂泊へ

電話が鳴ったので取ると、多恵子の声だった。昼日中の電話だから、彼女は今日は休みなのか。いや、もう仕事は辞めたのかもしれない。

「もう部屋は決めたから電話したの。そう引っ越しは来週になるかな。そんときは頼むね」

「えらい早いねえ。それで仕事は？　仲間がいる？　ああそうやったなあ」

多恵子は《新しい街》に住んで、しばらくゆったりするという。仕事はあせらんでも、仲間内を転々とするだけで充分食っていけるというのだ。私はこの間の援助金のいきさつをざっと説明した。

「去年だっけ、あたしはなんも考えんとあっさり手続きしたからなあ。もらったお金も適当に使っちまってもう残ってないよ。まあくれるもんは遠慮せんともらっとき。Jもいっぱい貯めとんのやから。もっと要求したらいいという人もおったが、あたしはややこしいの嫌いやったからやめた。それでも、あんたら歳やさかいなあ。ある程度は要るやろ」

「それが計算してみるとかなりなもんや。靖代も心配してなあ、うちらの冷戦も少しぬるうなったが、まだ続いとるわ。仲間もある程度は稼がんと、へたしたらみんな河原のホームレスやぜ。いや、おれは別にそれに偏見はないけどね」

「ホームレスも面白いやんか。いっこうにかまへん思うけど。要はなあ、人間不信の分だけ金が要るちゅうこっちゃ。だからさ、人間同士本当に仲良うなってお互い放っておけん間柄になったら、金の心配も老後の心配もなくなる思うんや。あたしら《新しい街》でおこがましいけど、それやりたいねん」

「あんたの気持ちはよう分かるわ。おれもできればそっちに行ってもいいという気持ちもある。しかしなあ、そのおれらの願いが集まってできたもんは似非共同体やったんやないか。なんでそうなったんか、おれはそこをじっくり見据え考えてみたいんや」

「それもそうやけど、ただ考えとるだけじゃあかんと思う。色々やって動きながら、みんなの頭を寄せて考えながら、少しずつ解決していくんやないか。結局、その連続でしか現実は動かんやろ。まあ、あたしはそう思うてやっていくつもりやけど」

私は多恵子のいうことが正論のように思う。しかも若い豊富な人材もあるし、いろんな可能性が開かれるだろう。しかしどこか躊躇する部分があった。J会への参画前の決断をまた繰り返したくはない。また最近《淀川》で感じ気づいてきたことは、ただ事ではないと感じ出してもいる。「考えとるだけじゃあかん」と多恵子はいう。しかし何を、どれほど、どう考えたのか？　やはり「やること」が先行、ないし前提となっていないのだろうか？　それから先は今の自分には説明不能だが、気に染まないことは極力やりたくない。残り少ない余生――と思った。

「おたくらにもこっちにきてほしいけど。ま、気が向いたら覗きにだけでもおいでよ。靖代さんもJの頃からのいろんな知り合いもおるし、元気になると思うけどな。あ、そうや」

多恵子は何かを思いだしたようだ。

「言い忘れとった。ほら神奈川湘南でマンション管理員やっとる小田切さん、あそこへ今度足伸ばして遊びに行ってきたんや。海の傍のリゾート地区でええとこやぜ。そしたら《新しい街》に行きたいって夫婦ともバタバタしとんの。ところが後釜がおらんで動きがとれへん」

私はかれらのJ時代共通の友人小田切の顔を思い浮かべると、たちまち本能的打算が閃めき、多恵子に最後まで言わせなかった。訊けば、そこの夫婦住み込みマンション管理員は六十九歳まで勤務できるらしい。そこに行ければ命が繋がる！　一瞬私は救われたような気がした。多恵子には悪いが、《新しい街》への関心は一瞬にして消えた。

関西空港の展望台の眼下にタイ航空の旅客機が停止していた。娘はそのエコノミー席に腰掛けているはずだった。先ほど搭乗三十分前に娘は、ほならね、と近くにピクニックでも行くように軽く手を上げゲート内に消えた。私もバカだと思いながら、靖代を誘って展望台までやってきたのである。

時間はたっぷりあった。私たちは今夜の天王寺発の夜行バスで湘南に向かう予定だった。友人の後釜を引き受けるというちょっとへんな、しかしこの時世私にタナボタの就職が決まったのだ。管理会社の話では、この就職難の時代、なぜか住み込み管理員だけはいつも人手不足だという。これも私には聞き捨てにならない不可思議だった。これはまさに私らだけでなく生活困窮者への滅多にない支えになるはずだ。やはり人間土壇場の極限でカミホトケもしぶしぶ顔を見せるらしい。私の目元は少々潤んだ。

靖代はこちらでもっと稼げないかと少し悩んだが、目前の家賃、光熱費タダの生活を拒むわけにもいかない。それでこれまでのアパートをたたみ、娘とともに新天地に出発することになった。

多恵子の時同様、引越しは三原が引き受けた。彼はJの車輌部とかけあって四トンの有蓋車を借りうけた。満タンにほど遠い荷だった。別れ際三原はまた白い歯を見せて微笑し私と握手した。

「おれはこの先野菜作りで食っていけるよう頑張るよ。合間に地元の素人中高年バンドでフルートさえ吹ければいいさ」

明朝その荷が、勤務地のマンションに到着した私らと一緒に下ろされると、代わりに小田切夫妻の荷が積まれ《新しい街》に向かうだろう。

「あの子はたしか窓際だったよね。今どの窓にいるんだか」と靖代は旅客機の窓の一つ一つを覗うように見るが、この位置からは人が居るなんの痕跡も見えない。

「いやあ、こっちのことなんかさっぱり気にしてなんかいないやろ」

そう、私ら親なんかふり返るな、子どもはそれでいいのだ。

ほどなく飛行機はとぼとぼと頼りなげに動きだし、滑走路に入り始めた。いったんそこに入った飛行機は、先ほどとは打って変わって、雄叫びを上げて飛びかかって行く巨獣のように、轟音を上げて白い路を驀進した。雲は夕陽になぶられてオレンジ色に発色し、そのなかを飛び立った飛行機は白銀色に輝いた。そしてたちまち空の彼方に消えた。

やおら私たちは展望台から降り始めた。幻想を抱くことがなければ、これからの私たちを待つのは〈今浦島〉の死ぬまで続く漂泊の旅だろう。たしかに《淀川》グループとは切れるが、あそこはメンバーの紐帯や組織が至上の場ではない。私には各人が自分の道を見出す過渡の場であってよかったと思う。後は残ったメンバーが決めることだ。

私は娘の出発を見送り、自分たちもここに新たな出発の時を刻みたいとねがった。

（終わり）

（付）息子の時間

一　寄宿舎で育った息子への違和感

自分の息子が自分の思い描いていた像とはまったく似ても似つかない存在に育っている、と気づいたのはいつの頃だろうか？

こんな子ではなかった、というのはたいていの親であれば、思春期を前にした頃から思い始めることだろう。たぶん親の思い通りにならない事態に直面することが多くなって。おれもたぶんそんな親の一人だ。ただちがいがあるとすれば、おれの場合その認識は、いつのまにかそうなっていたというのではなく、不意に突発的に起った。

おれたち夫婦は息子や娘とは小学校入学前から別居して暮らしていた。といえば普通にはない怪訝な話になるが、ありていに言おう。おれはM県のG会とよばれる理念団体で暮らしていた。G会は自然全人一体の全人幸福社会を目指し、「無所有共用」理念を顕現すると称する一体生活体（通称「Gの村」ここでは略称「村」とする）を全国各地で造成しつつあった。

息子や娘はそこの学育部で育った。「学育」というのは、子どもらの寄宿生活体とでもいったらいいのか、就学一年前から親から離れて合宿生活をやるところだった。親という囲い、所有意識・しがらみから放して子どもらをそういう環境で育てたかったから、それはおれにとって既定のコースだった。

親子が会うのは年齢によってちがうが、長期休暇以外は月一とか二か月に一度、親たちの住むかまぼこ型の共同住宅に、一泊しに帰ってくるのだった。おれは息子が大きくなる時期はむちゃくちゃ仕事に忙しく、子どもらは妻とは会ってもおれは寝顔しか見られないことが多かった。そういうことでは企業戦士と呼ばれる世の父親とあまり変わってはいない。変わっているとすればその「企業」の内容とシステムだった。小学校時代、その親子の定期的な触れ合い（「家庭研鑽」という）には、息子は暮らしていた本部「村」の学育から、車で三十分くらいの距離にあったおれの住む「村」にやってきていた。おれは始めに住んでいた本部「村」から異動していたからだった。「村」は全国各拠点以外に、発祥地のM県に多く、数か所も造成されていた。

その頃息子とは先述のようにじっくり出会った記憶がない。たまの家庭研鑽でも四方山話の途中、おれは仕事の都合で出ていった。娘はおれと同じ「村」の学育幼児部にいて散歩の途中で出会うことがあった。会うといつもバイバイと手を振った。それが親子の挨拶だった。その頃の息子の記憶は、意外に丹念で面白そうな漫画を描いていたという以外は、断片的で特に強い印象はない。

あれ？　なんかちがうなあ、と思い出したのは次のようなことだった。

小学校終わりぐらいの家庭研鑽の時だろう。おれはほとんど人通りのない少しばかり広い「村」の農道で、息子を助手席に乗せ軽四を走らせていた。なにかの用事を果たした後で少し余裕があった。

「おい運転してみるか」

車を止め息子に声をかけた。ここは私有地なので交通法規は問われなかった。

「いーや、いい」

その返事はおれの予想外のものだった。あの年代の頃は車への憧れは強いから、きっとすぐ飛びついてくると思っていたのだ。

「なんでよ、やってみろよ」

息子の返事は変わらなかった。

「やったことあるんか？」

息子は頷いた。農作業の機会が多いから車をいじくったことぐらいはあるだろう、とおれは納得した。しかし、なんか消極的なやっちゃあな、という印象が残った。

　次の印象的な記憶は、たぶん中学生の頃、おれの新異動地Ａ「村」まで初めてやって来る時だった。バスで小一時間ほど乗り、降りたバス停から車で五分ほどかかる。頃合をみてバス停まで迎えに行くのだがいない。バスが遅れているかもしれないが、仕事の都合もある。少し待って帰ってから本部学育にきいてみると、もう出たはずだという。それじゃあ、予定のバスに乗り遅れたのか？　何しろ古い農村過疎地だ、次のバスが来るまで二時間もある。その頃また迎えに行った。思いがけずというか半ば期待通りに、息子はバス停のベンチに腰掛けていた。両手で頬を支えながら、顔は斜め下方の砂利道に向けられ、目は開いているのか閉じているのか分からなかった。

――よう乗り遅れたのか？

――いや、バスが遅れた。

――えっ、ということは、おまえはここでずっと待っていたんか。

――うん。

　彼はそれがどうしたといわんばかりに、あっさり頷いた。

――するともう二時間近くここにいるのか？

――わからんがそれくらい。

――電話をかければすぐ迎えに来たじゃないか。

――余分な金はもらってない。

おれは、なにをするわけでもなくここに座っていた息子の時間を思った。それはぼんやりとりとめのない時間以外に考えられなかった。えらいボーとしたやっちゃなあという印象だった。

人間の行動には目的があり、その目的実現に支障が出てくればなんとか成るように努力する。おれならきっと道を尋ねながら歩いたにちがいない。ぼんやりは耐えがたかった。またそれができなければ、タイミングよく迎えに来ない親を責めたり恨んだりもするだろう。それをしたという形跡もなく息子はただ諦めたのか？　あるいはそれほど親に会いたいと思ってやって来たわけでもないのか？

教師を辞めてG会に参画したおれは、いずれ機会があれば、とG会の教育に志すものがあった。ここでの農的生活が、受験競争や知識偏重教育を超えた体験学習のすばらしい環境になりうるのではないか。しかしこれまで「村」の大人たちはボロと水のド貧乏な生活に追われ、子どもは学育係に任せっきり、いわば放ったらかしであった。親たちは入学式、卒業式の行事にはようやく参加したものの、ふだんの学級参観などほとんど行ったことがない。子どもはおかずの乏しい弁当を隠し、Gの子であると見られるのを嫌がった。朝晩作業のある子どもの集団生活はかなり特殊な印象を与え、それは当時地元の一部では蔑称であったし、地域の子どもの差別対象にもなっていた。

しかし有精卵の供給が軌道に乗って以降、「村」も経済的に安定し生活も次第にゆとりが出るようになる。待ち望んでいた参画者も増えつつあった。その動向にも合わせて教育にも力を入れ、なんとかGの子である自覚と誇りを取り戻そうとした。「子ども研鑽会」も始められ、合唱や演劇にも力を入れる。学育理念の整備もなされていった。

そこから子どもというものへの理想的なイメージが導き出されてきた。子どもというものは、競争社会の悪しき優劣意識や親の所有意識から解放されれば素直前向きな、いわば天真爛漫で個性的なそれぞれの自己を発露するであろう。それこそ「真の子ども」だというのである。そういうおれのなかで形成されつつあった子ども観からすれば、息子の印象ははなはだ意外な、失望を感じさせるものだった。

あの消極性、それにこのぼんやり、まさに自分自身の運命というものへの諦念と倦怠のようなものを感じて、おれはいささか慄然とした。思春期前という年齢特有の鬱屈の始まりなのかとも考えたが、もっと溌剌とした学育の中学生を見聞きしていた。それに較べ息子はまるで老人のようだ。参画前の、息子の幼児期の方がずっと無邪気で愛嬌があり、うるさいくらい口が回った。そういう時期だったのか、テレビアニメの前でしばしば飛び蹴りのポーズを繰り返していた。学育の生活が息子をその反対の性格に変えてしまったのか、という黒い疑念の一点が浮かんでは消えた。

二　早すぎる高等部からの離脱

息子が工業高校の一年になった時、高校を辞めさせ、新しくできたばかりの「村」の教育施設、G学苑高等部に入れた。それを受け入れた息子が、どこで説得されたか詳らかではない。おれは「学校は頭でっかちを作っているだけだ。頭はほんとうに生きて働かず、身体は鍛えられないし、心も動いていない。だから頭も、身体も、心もカビが生え、バランスよく育っていない。農業で生きた勉強をしたらどうか」というようなことを語ったと思う。

当時おれは、G学苑幼児部の創設の方にも奔走していたから、その勢いもあった。かなり渋っていた息子も最後には首を縦に振った。おれはホッとした。G学育理念への共鳴がもちろん主たる動機だったが、G会全体のそういう流れのなかで、しかもそれを推進しつつあった自分の立場も大いに関わっていた。

息子の「学苑」新入学は夏の終わりだったが、息子の学苑生活は十一月がきてたちまち終わりを告げた。係から、息子はもうやっていけないと言っている、親が引き取ってほしい、というのだ。おれは愕然とした。いったい息子に何が起こったのか？

学苑から親の居る「家」に帰った彼は、学苑生活についてぽつぽつと語った。

——畑に行って汗をたらたら流しサツマイモを掘る。作業はえらかったがサツマイモはうまかった。自分で働いて食べるのはうまい。

おれは感動した。これまで「学苑だより」などの、いわば模範的な生活感想文から覗われた農への賛歌の一端が、空疎でない実感として息子にも宿ったらしい。やはり小中学生の学育とはレベルがちがう。やったことの意味をみなで考える機会があるのは同じだが、係の押しつけでは利かない地の部分の自己表現や仲間との交流がより出てくるはずだ。にもかかわらず、方向は必ずしも係のアンチではないようだ。

——しかし、なんでそこをやめるのか？

——どうもついていけない……。

息子はなんども口篭もりなかなか話さなかった。なにか隠しているのか、それともどう話していいかわからないのか。ようやく訊き出したのはこういうことだった。

――みんなは真面目や、ぱっと起きてぱっと畑に出て行く、おれはぼんやりとしている、ちゅうか、ぼんやりしていたい時がある。

また「ぼんやり」か。おれはそのことの意味するものを、今もよく分かっていない。たぶん息子も分かっていないのではないか。しかしその時おれは性急にまくし立てたことだろう。それを転換するくらいなんでできんのか、と。しかし係も同じことを云ったにちがいなかった。それでどうにもならなかったのだ。

その「ぼんやり」はおれの知らないものだった。なにごとも前向きに躊躇なく立ち向かっていく生き方が「真の子ども」であるだけでなく、自分自身でも最上の生き方だと信じ、今日までやってきたのだ。そのおれの息子がなんで？

これからのことを考えるのに、息子としばらく一緒に過ごした。おれは夜仕事から帰ると息子と向き合った。

――おまえはこれからどうするつもりだ。

――外に出してくれ。

――学歴もなく、生活力もない、そんな中途半端でやっていけるのか。

――中学時代の友達の親が仕事の世話ぐらいしてやると云っている。

――なにを夢みたいなことを考えてるんだ、おまえは……。

おれは外に出したくなかった。外でやっていけるかどうかの心配も大いにあったが、それ以前にまずここでやっていけないかを考える。ここでおれと一緒に鶏飼いでもやっているうちに、また気分を変えて高等部に復帰できないだろうか。おれは自分の生き方を息子に託したいというねがいがあった。志があってここに来た参画者ならだれしもそうねがっていたはずだ。

おれは北海道でG会に参画した。大学卒業後、道東で教師をやっていた。結婚し子どもも二人恵まれたが、学生運動の挫折を引きずり小市民生活に安息できなかった。全共闘運動が全国的に分解停滞し始めた頃だった。たまたま釧路で、G会に参画したばかりの某元大学教授の講演を聞いた。そしてG会に学生運動の理念、共産主義を超えた生活丸ごとの革命体と、その環境を生かした知識偏重でない画期的な新学園造りを夢見た。

それから三年、妻をかきくどき親子四人揃って「村」の生活に飛び込んだのである。財産といっても退職金しかなかったが、それを丸ごと会に提供し、北海道別海で酪農主体の生活を始めた。ツナギの作業着と肉体労働の生活だった。はじめは仕事のきつさに危惧したが、三十代半ばの肉体でも贅肉が削ぎ落とされ適応できていくのに、我ながら驚嘆した。その後しばらくして M県の「村」に異動していた。

——おれがここで目指しているのは、誰もが貧富の差なく暮らしていける仲良しの理想社会だ。さらにそれをベースとした受験競争のない生活体験教育の環境を造ることだ。それには仕組みや制度もあるが、だれともこだわりなく仲良しでやっていける心を磨かねばならぬ。それもおまえたち子どもらの将来のことを思ってのこと。まだまだこれからだが実顕地も増えてきたし、学園までつくりはじめた……。

　おれは仲間内や支持者たちと自然に語れることが、息子を前にするといささか淀みがちになるのを意識した。分かるようにコトバを選ぶということもあるだろうが、コトバに対する照れとかすかな疑念のようなものも湧く。息子に初めてわが志を語るという、いささか昂然とした気持ちと若干の気恥ずかしさ。それに、おれは本当にそう思っているのだろうかと反芻させるかのような息子の態度。息子はなんの反応もなくうつむきかげんに聞いているだけだった。これまでも息子はおれと対峙する時、唖になることが多かった。云えばこじつけ丸め込まれるだけ、と息子なりに無意識の戦術を立てていたのかもしれない。

「おい、ちゃんと顔を上げておれの云うことを聞け」
おれは少し声を荒げ息子の頭をこずいた。息子は顔を上げたが、おれと目を合わさなかった。それで息子は別に反発するわけでもなく、また従順になったわけでもなかった。逆におれのなかでコトバの上っ滑りの感じが止まった。最近「村」で研鑽されつつあった、親のあり方を実践する機会だという意識もあった。

おれの長い説得の語りのあとに息子は「おれはここでやっていけん」とぽつりと云った。それでまたおれの長い語りがはじまるのだった。つまり平行線が数日続いた。息子は、親の描いた理念の世界とコトバでは届かない、自分の未だコトバにならない世界を呼吸し始めているようだった。

人事係と相談した。他の似たようなケースも聞き、結局外に出すことにした。子どもは親の生き方を継承すること、いいかえればここに残って生活していくということは当たり前のこととされていたから、これは裏道、例外的なコースだった。その例外が後にはどんどん増えていった。まあ今は一時的に外に出し、外の厳しさも分かったら、また考え直すやろ。人事はそう云った。そして彼の伝手の、東京の印刷工場に身柄を預けることにした。
盆正月にはちゃんと帰れ、と約束させ息子は東京に出発して行った。

三　帰ってこない息子

夜中おれは息子に電話をかけていた。

——盆正月ぐらい親のところに帰るもんだ。

——うーん、帰らんとくわ。

——工場のだれもいない社員アパートで正月どうして過ごすんや。

——なんとかなる。

——どうしてや、そんなとこで。

——だって……。

息子は相変わらず寡黙でその声はくぐもっていたが、帰りたくないという意思表示は明らかだった。それはどこか、ここまでおいで、という逃げ遂せたものの奢りに聞こえた。

息子は東京の印刷工場に働き始めてもう二か月近かった。しかし正月には息子は帰らなかった。

息子はシャバの誘惑に一時的に屈しただけであり、時期が来たら必ず戻る。おれはずっとそう信じ期待し続けた。だからこそたまには「村」にも帰り、そこで培ったものを思い出してほしかった。しかし息子はおれの期待を次々と裏切った。

その翌年のお盆前、おれはとうとう電話口で怒鳴った。

「今度こそいったん帰れ！　そういう約束でおまえを外に出したんだぞ。親の云うことはちゃんと聞け！」

息子はなんと答えたか。たしか「いまさらあんたに、なんでそんなこと……」だったか。おれに「あんた」という代名詞が挑戦的に叩きこまれた。これまで一見おとなしそうだったその瞬間の息子の表情はおれには想像外だった。そして電話は向こうから切られた。

その後もずっと息子は帰らなかった。

たまに東京方面に出張する機会があると、さすが息子は義務的に会った。相変わらず寡黙で、自分から話し出すことはなかった。仕事は三交代できついらしかった。二年ほどで印刷工場を辞めた。蓄えた金で車の免許を取り、しばらくのんびり暮らしたいということだった。

それからの記憶は断片的でいくつかのブランクがある。突然I県の実家の母親から、息子が遊びに来たという話が飛び込んできた。

「髪茫々で、はじめだれぞさっぱり分からんかったがいね」と母は電話口で驚いていた。母とは小学校二、三年の頃一度会ったきりだった。また埼玉の妻の実家から、息子がしばらく逗留していたという話が間接的に入ってきた。息子が再就職を決めた後だったが、すぐ連れ戻されるという警戒で実家の方で気をきかせたらしい。

なんということだ。息子はもっとも行ってほしくない〝敵地〟に依存し始めたのか。それはおれにとって守旧の地であり〝反革命〟の巣窟だった。だからこそ郷里の親も埼玉の親戚も、いわばその縁を断ち切ってG会に参画したのだった。

そして鈍い悔恨が走る。息子の求めているものはなにか。そうは思いたくないが単なる家庭の温かみだろうか。あるいはこれまでほとんど伏せてきた血縁のルーツだろうか。

おれは自分の悔恨を反芻した。やむをえないではないか。これは革命なのだ。その風雲のなかでかまいつけることなく放り出してきた息子だ。おれはどこにもその卑近なモデルを見つけられなかったので、あまりにも格違いだと思ったが学生時代に読んだ『中国の赤い星』そのなかで紹介されていた毛沢東の家族のことを想った。その子息たちは長征の過程で散り散りに離散していた。

息子にはこの革命「村」のどこにも寄る辺がなかった。親ですら寄る辺ではなかったから彼は出て行った。この広い地上のどこかにわが身一身の寄る辺を求めて。

肉体労働で疲れ熟睡する習慣ができていたおれも、息子への慚愧の念が不意にほとばしり眠れない夜があった。

――息子よ、おまえの精神と心情の形が、父であるおれのそれと似ても似つかないものに育まれてしまったようだ。しかもそれが、この父たちが目指す村での革命の過程で。そのことをいま断腸の思いで認める。おれはまさにおれの目指す反対物を、おれのまさに血を別けた存在から生み出してきた。その結果にはすでに十年以上の歳月がかけられている。しかしとりかえしがつかない歴史はないと信じよう。行けるところまで行くだけだ、この寂寥の道を。〝敵〟から息子を奪還するまでは。革命とはどこまでも革命であり、その結果生み出された反対物をさらに革命していく前進あるのみだから――

四　息子の存在感

その後、俄然変貌した息子に出会って一驚する。彼は十九歳になっていた。都電の改札口から出ておれを注視し近寄ってきた若い男は、はじめ誰か分からなかった。ぼさぼさのロングヘア、不精髭、赤っぽいジャージのラフな着衣。

息子は喫茶店に入ると、タバコを吸い、語り出す声は太く、目は力を帯びていた。おれは「村」の習慣で煙草も酒もやらず、さらに息子のかつての仲間だった「村」の青年たちには、長髪やタバコはまったくなじみのないものだった。その違和感から息子を咎めようとしたが、とてもそんな感じではなく、息子はかつてなく自信に満ち堂々としていた。はじめて息子に〝存在〟というものを感じた。あの「ぼんやり」がどこに消えてしまったのか？　もはや寡黙ではなかった。淡々と自分を語った。仕事は床舗装の仕事をフリーターにして、浮かした時間で仲間とロックバンドを形成し、時々街頭で歌い演奏するのだという。なあに、歌うなんてもんやないすよ、吼えてるんすよ、と息子は照れてみせた。昔、息子は「村」でしか育たないと思っていた。しかし息子は学育や高等部の研鑽会に馴染めず、ほとんど自分を出すことができなかったようだ。

「それができるなら、あそこでもよかったんかもしれんが、もうごめんだよ」と息子はニヤリと笑った。

育ちの方向はおれの期待とは違ったが、息子はたしかに育っていた。それはおれにはいささか意外だった。息子はおれが否定していた街の「自由」によってそうなったのか。あるいは、どこに居ようと年数を重ねれば必然的に出てくる芽を彼は育てたにすぎないのか。自由といったって、生活保障のない街では制約の方がすさまじい。それは自己破滅をも含めた可能選択肢の多さしか意味しない。だから「村」の、ある意味では制約の多い環境だって、それをハードルとして捉えられれば、そこでまた別様の育ちをしたはずだろう。

ともかく、育つということはまずなにかを学び吸収することである。しかし息子のその後の変貌を見ると、それはまず自分を出せるということから始まっているようだった。いや本来学ぶということは、出すということを不可欠の前提としているのかもしれない。どこまでも自発的に。それにはある必然的で幸福といってもよい出会いが要る。そして息子はロックと出会ったのだ。

そんな特殊な芸術でなくとも、「村」の農業のなかで発散できるものがいっぱいあるではないか。農、すなわち「百姓」と称する中に、無数の工夫・改良、自然との共生・融和、その生活様式、心情的表現があり、そこにこそきらめく生活芸術の結晶が潜むと、おれは長いこと思いこんできた。また「学苑」の合唱、演劇などの各種催しも、自分たちの生活表現としてかなりのものが創造されつつあった。しかし残念ながら息子は、そこに共振し出会うものがなかった。街の自由さとは、だから、そのあまりにも広範雑多なシグナルの中から、何か一つには共振するものがあるということなのだろう。それくらい街は広く深いということなのか。

おれは行ったことはないが、あれはホコテンというらしい。人ごみ、雑踏、突き刺さる無数の視線。人前でなにかを演じる、いや吼えてるんだ、という。いったいなにを？　なんでもいい、ただ喚いてるんすよ。たぶんそのことで彼は自分を認識し、自己本来の力を取り戻しつつあるのだ。

五　息子との類似性

おれのなかに不意に学生時代の自分がよぎった。三十年以上も前のことだ。学生運動に入ったばかりのおれは、ただひたすら吼えていた。それはおれが長い寺院生活を送った少年時代の反動、その鬱屈をぶつけるものだった。おれにとって寺こそあらゆる因襲、守旧反動の象徴だった。その過程で、おれは対人関係に臆病だった子坊主時代を乗り越え、教室や街頭の人前に自分を晒して必ずしも臆しなくなっていた。その程度の社会性でも、以降教師になり、G会の運動にもかかわる素地になっていたことに気付く。それが息子にも健在だったのは、驚きを通り越してうれしかった。

しかし……、連想はさらに走る。その寺だって親父はおれのことを思い、「絶対食いはぐれがない」坊主になる修行のために大阪の寺院に弟子入りさせたのだ。長いこと息子に裏切られたように思ってきたが、おれの方こそ親を裏切って育ってきたのではないか。歴史は繰り返す？　おれは人間の先見性をあっさり呑みこんでしまう長大な時間の不条理に暗澹とした。いや人間一般じゃないだろう、おれ自身のちゃちな脳髄で描いたことなんてまさに先が知れているというものだ。

とすれば、おれがその小坊主時代からの脱走時に感じた自由は、息子の「村」からの脱走とどこか似たものだったのではないか。その自由によっておれは育ったが、息子の現在の育ちは、「村」から飛び出した自由から始まったのではないか。

しばらくは、それは認めたくはなかった。なぜなら寺と「村」とは決定的に異なったものであり、おれの動機は親父のような低劣なもんじゃないと思いこんでいた。おれの中心はここ、おれのいる場所、すなわち万人が希求するであろう理想社会を目指す場所、にあった。

しかしそれからさらに数年、その中心に亀裂が入りはじめたのである。そうなる状況のプロセスにはいろんなことがあった。その始まりはおれには青天の霹靂だった。村内は平静だったが、外では不意に反対派が登場し、これまで好意的に見えたマスコミが批判非難に急転していった。おれは自分たちが間違ったことをしているとは、つゆ思っていなかった。そう見えるものがあったとしても、未熟な発展段階での不可避的な副産物であり、いつかは克服される課題に過ぎなかった。

非難の切っ先は当初学苑の「暴力」に向かったが、わが息子や娘については指導の厳しさはねがうことはあっても、思い当たることはなかった。あったとしても、いささか手に余る子どもらへの係のマジメさ、行き過ぎた誠意に対する誤解だと認識していた。しかし同時に、それらの誤解を解くべき組織の、自浄の営みの乏しさも感じ始めていた。どこかに閉塞と硬直が始まっているのではないか？　その当時疑惑とまでとはいえない疑問の一点が、次第に膨らみ始めた。

――地球村というイメージは、今や万人の願いになりつつあるようだ。所有がなく、したがって貧富の差がない共同体の村というのは、いわばその地球村に最も近い存在ではないのか。そのＧ会は、なんだかんだといっても日本屈指、最大の共同体であり、そのカウンターシステムないしカウンターカルチャーとしての意義は消えない。いつか若者が乱入した七十年代の熱気が蘇り、無所有一体の地球村をつくろうと寄ってくる人々はどこかにいるはずだ――

たしかに参画者も増え一定の社会的支持もないわけではない。しかし、どこかまどろっこしい。どうも外からみて分かりづらいところがある。近寄りがたいところがある。なにかが足りない、というかなにかが過剰なのだ。そこにいる人々は普通ではない特殊な修行を積んだ人に見える。いわば取り組めば取り組むほど、普通の庶民の実感からどんどん遠ざかっていくのではないか。「無我執」「無所有」という。その理念的意義は素晴らしいと思うが、その主体である「我」の否定・消滅が自己革命とみなされる向きがある。それはどうもちがうのではないか。参画時に夢想したのは我の否定でなく、我の豊穣さがそのまま「大我」普遍に連なるような在りようだったはずだ。

またイズム体得とか拡大とかは本来手段であろう。手段なし、拡大のための拡大なし……。たぶん真実であろうとして、不可避的に真実を用語として多用するところから起こるなにか。理念過剰。真正Gイズムの体得が真の幸福だって？「親愛の情」がどこか理屈っぽく寒々しい。それぐらいなら真の愛でなくともいい、俗な愛でよし。

理念の円環の中の堂々巡り。それによる意図せざる宗教性、それにつきまとう党派性及び閉鎖性――

やはり中心はここではないのではないか？　そのわずかの猜疑が、Ｇ会へのおれの理念的実践的正当性への信念に空隙を開け始めた。思い返せばその隙間への最初のひび割れが、やはり息子の、ここではやっていけんという拒否反応だと気づく。そしてここは息子にとって、あくまで息子の立場に立ってみればだが、おれの昔の寺院と同じでも一向にかまわないところだと認めざるをえない。

六　わが少年期への回想

おれはずっと封印してあった自分の子坊主時代をあれこれ振り返ることが多くなった。その頃、十五、十六、十七トアタシノ人生暗カッタ……という歌が大ヒットしたが、その歌はおれのなかにもぐっと入ってきた。誰しも未来の見えない受験競争と思春期の葛藤が明るいはずがないが、おれの場合それにもうひとつ加わった。それは寺というものにつきまとう暗さだった。

おれは北陸の寺に生まれた。父は節操のない坊主だ、とおれなりに多感だった中学生の頃、そう決めつけていた。肉食妻帯のことまでは云わない。これは禅家すら当たり前になった当今、その件で節操を問題にすれば、おれなんかこの世に生まれていなかった。もっともそこまでは中学生の頃は考えられたかどうか。父は日蓮宗の住職でありながら、中学校の臨時講師をやり、福祉事務所の公務員をやり、……坊主なら坊主に徹したらどうや。隣近所の和尚さんらはどこにも行かんのに。

しかし別の意味で今、その生活力は大したものだったと思う。戦後のあの食糧難の時期、父のなりふりかまわない、食っていくためのエネルギーがなかったら、おれたち五人の兄弟は生きてこれなかったろう。

おれの中学卒業後の進路が話題になった時、父は、中学出たら大阪の寺に弟子入りさせるという。父の密かな計算のなかに、息子の高校進学をそこに依存し期待していた節があった。いやそれもおれへの愛情から出たことで、今流世間並の教育パパだった。それを想うと親父には頭が下がる。おれは「村」でそういう教育パパであることから解放されてきたつもりだったが、おれの子どもへの愛情は親父のそれに引けをとらないのだろうか。

親父の教育はすごかった。おれは小学校に入るや否や、夜は経机の前に座らされ、お経の読み方をしこまれた。割り箸の先が黒い漢字の一字一字を指した。眠くなるとその先がおれの頭をこずいた。おかげでたしかに漢字の試験はよくできた。しかしおれのやりたいことはその先に向かわなかった。

おれは小学校から絵が好きだったから絵描きになりたいというのがひとつ、もうひとつは物理学をやりたかった。湯川博士のノーベル賞以来なんとなく素晴らしい学問だと思っていた。父はおれの夢をあっさり否定した。

「なにをアホなこと云うとる。坊さんは絶対食いはぐれがない仕事やがいねえ」

それは今振り返れば、父がおれに伝えた唯一本質的な内容だった。父は些細なことをガミガミ云う男だった。ハナカミ、ハンカチ持ったか。それが、おれたち兄弟が登校する時の口癖だった。女みたい、もっと大事な話があるやろ、と子どもなりに嫌悪感を抱いていた。それが現実の些細なことに対して関心興味が薄い、のちの自分の性格と繋がりがあるかもしれない。そんなことどうでもええやろ、というのがいつもおれの最後の捨てゼリフだった。母親の方がもっとゆったり鷹揚としていた。

おれはずっと封印してあった自分の子坊主時代をあれこれ振り返ることが多くなった。しかし当時その本質的な話は、おれの父への軽蔑がいっそう深まった時だった。なにをこの現代、ずれたことを云うとる、若いもんはもっと目指すもんがいっぱいあるわ。いまだこの世のことを知らないのに、あの世の成仏のことなぞ関係ないじゃないか。そういうことが分かるような、僧侶なり寺なりの高尚な存在意義を語ってくれるかと期待していたのに。食いはぐれがない、だって？　葬式坊主になれ、いうのか。おれのそれへの嫌悪感は、おそらく庫裏の押し入れに積み上げられていた分厚い雑誌、あれはたしか『大法輪』といった、から植え付けられたものだろう。それらの名僧列伝は、いずれも僧侶の高尚なあり方を説いていた。

三十年後おれがわが息子と向き合った時、息子はおれに同じような軽蔑を抱いただろうか？　たぶんそれはできなかったろう。おれはひたすら「理想」を語った。理念だけでなく経営的成功の兆候が見え、この「村」にいれば生涯食っていける可能性も出てきたが、それには触れなかった。だから息子は「理想」というものの裏、反面を手がかりに、おれに必死の抵抗を試みた。しかし、少年時のおれと同じく、息子も食いはぐれがないということがいかにすごいことであるか、分からなかったろう。

少年時代、坊主はださく恥ずかしかった。まずあの黒い袈裟衣と白衣が情けなかった。襟と足元を揃え、帯を締めるあの感触は、今でもほんのたまに和服を着る時ありありと蘇る。その異形で学校の級友に出会うのがかなわなかった。さらに死者の霊を弔うと称する法事葬式、その虚なるものに依存する生活がまたなんともやりきれなかった。少なくとも中学理科の知識、あるいはそれから敷衍される現実的功利感覚では、それは虚なるものであった。しかもそのおかげで生活ができているということが、なんとウサンクサイものだったろう。父親がウサンクサイだけでなく、自分の存在自体がそのウサンクササで汚れているような気がした。しかし、おれのその後の人生は別の虚なるものにずっと支配されていくことになる。

七　大阪での小坊主修行

おれは坊主の修行に行くことに同意したが、坊主になる気はさらさらなかった。おれは山のあなたの、遠くの街に行き、このガミガミ親父と裏日本のうっとうしい暮らしから抜け出したかっただけだ。

雨に濡れた大阪のビル街は黒々とおれを圧倒した。街中の寺なんて想像の埒外だった。しかし寺町という界隈で、そこはたくさんの小さな寺が並んでいた。

逃亡の解放感は一瞬のものだった。そこで当然にも小坊主の日常が待っていた。それは故郷よりもっと徹底していた。朝五時に起き冷たい水で雑巾を絞った。掃除や勤行、放課後法衣を着て檀家参りに出かけるなど、同世代の少年たちからみれば特異な生活だった。その異形の姿をクラスメイトに見られることもあって、その時おれは羞恥で真っ赤になった。そう、その頃のおれは初対面でほとんどの人に対人赤面症であり、しばしば挨拶ひとつうまくできずに吃った。その意識過剰のせいか、学校のトイレではかなり緊張した排尿を強いられていた。つまりトイレに立ってかなり時間が経過しなければ尿が出てこないし、人の気配を感じればすぐに止まってしまうのだった。当然にもまたおれの坊主存在自体への嫌悪がいっそう深まった。

ショウツキメイニチなる檀家回りで経を読み、終わった後お菓子をいただきお茶を飲んだ。それまではよかったが、お布施はもらう気にならず黙って置いてきたのだ。もらうことでなにか汚れる気がした。働いた正当な報償のような気がまるでしなかったからだ。帰って師匠から怒られ懇々と説教された。

「真心込めて経を読み、それで感謝される証なんやから、堂々ともらってこい」と。虚なるものに込める真心も手応えもないおれは、なんのことかさっぱり分からなかった。

今に至るもそうだが、おれにはなぜか生活とか食っていくという感覚が希薄だ。G会にいた時は、それを自分のなかの無所有理念の深化に置き換えていた節があるが、どうもそればかりではない。それはたぶん、自分で働いてその対価としてなにかを得る、という実感が乏しかったこの頃から始まっていたような気がする。

その師匠は人格者だった。金がない時、もう四、五日もすればかならず葬式があるよ、と悠然としていた。そして三日目にもう葬式があったのだ。おれがそこで感じたのは、師匠の態度と、人間ジタバタせずともなんとかなっていくということだった。本当は父のいう食いはぐれがないということの真実をそこに見るべきだったかもしれない。しかし、その職業的メリットにそうは感銘しなかったのは、やはり僧や寺というものへの全体的な嫌悪感のせいだったろう。

その師匠も奥さんと住み込みの尼さんとの間でゴチャゴチャしていることが、中学生のおれでも敏感に分かった。お盆回りでその尼さんが師匠に泣きつき、帰ってくると師匠が奥さんの話に渋面を作って応酬していた。話の内容までは分からなかった。

土蔵の二階屋根裏がおれの住みかだった。窓はガラス戸があったかどうか。あの部屋での寒々とした印象が強いから、板戸を上げ下ろしするだけだったような気がする。その窓下に小屋がけの風呂場があり、尼さんの声で不意に下を見ると、板戸の隙間から白い肌がチラッとかすめドキッとしたことがある。それを時折覗くのがおれの密かな楽しみになった。

その楽しみが奪われたのは同居するやつが出てきたからだ。熱心な檀家の一人が、寺の環境が子どもによいと、おれより年下の中学生を預けたのだ。それは親のカンチガイであり、その子にとってはたいへんな迷惑なことだったろう。早寝早起きの規則正しい日常生活を経験するというなら多少の意味はある。しかしそんなものは自ら必要を感じればどうにでも取り返せるものだ。

ところが周囲や自分にウサンクサさを感じている年上と、あえて同居するプラスがあったかどうか。おれはどこかむっつりと暗く、精神的に不健康で面白みのない人間だったと思う。それでは生活持続の源泉となる最低限の快適さを欠くことになる。テレビは置いてなかったし、ゲームすらまだない時代だった。案の定その子が一か月と持たず出ていった時、おれはほっとした。しかし二年たって弟がまた入居してくることになる。やはり父の迫力は強い、といったらいいのか。

寺には毎月檀信徒が集まり唱題講なるものをやっていた。年寄りが多かった。南無妙法蓮華経の題目を唱え、あとで説教があるのだった。それはおれには、はじめは信心深いというより狂信の徒のバカ騒ぎに見えた。そこで太鼓を叩くようになってから、そのことにある存在意義のようなものを感じ始めた。

ナンミョウ！　ホウレンガイキョ！　ナンミョウ！　ホウレンガイキョ！……。

おれは題目を喉から押し出すように誦していた。いつもの羞恥心が取り付いていた。大勢の信徒たちも唱題しながら団扇太鼓を叩いていた。

テンツクテンテンテケテケ……、テンツクテンテン……。

ゲキョウの部分が合唱になるとガイキョに聞こえた。騒然たる雰囲気だった。おれは二本のバチを、前面の大きな太鼓の腹に向かって必死になって打ち込んでいた。手も痺れて痛く、足も正座で感覚がなくなっていた。何百回目か分からないが、いつのまにか声は大きく腹の底から出て、題目を吼えるように怒鳴っていた。不意に痛みや痺れが消え、腕に力が入り声も滑らかになった。不思議な恍惚感が訪れた――

おそらく信仰心はほとんど伴ってはいなかった。しかしこの高揚と恍惚はなんだろう？あのマラソンと同じく、全身の活動がある苦痛の一線を超えると訪れる快適さのようなものか。今ではそのような生理的な一現象にすぎないと思っているが、当時おれは、宗教も捨てたもんじゃないという救済感に翻訳していた。またそのように肯定的解釈ができるものを一つでも持てない限り、自分の置かれた状況があまりにも惨めだった。

それ以来この唱題講だけは楽しみでもあり慰めにもなっていた。それに学校では、あの太鼓打ちの高揚の後一週間ほどは、排尿時の緊張が融けていたのである。この歳になっても帰依する信仰を持たないおれだが、あのことだけはどこか信じているのだ。

師匠にある程度尊敬の念を持ちつづけたもう一つの理由は、たぶんこの流れのなかにあった。師匠は真冬寒風吹き荒ぶ最中に経を唱えながら水をかぶった。彼は日蓮宗でいう大荒業の伝師であった。それは冬場百か日、大本山身延山だったかあるいは他の道場だったか、俗塵から隔離された場での僧たちの修行の場であった。それは宗祖日蓮の迫害と苦難を追体験し法華経の行者を練成するものだった。しもやけ、あかぎれの手足のまま、朝夕氷を破って水をかぶるという。彼らが帰還しその修行の一端を一般信者檀家に披露した。その蓬髪髭面とすでに潰れてしまった喉から吼えるように発する経の合唱はすさまじかった。だれもができないことをやっている！

それはおれのなかで意味不明の狂信の異様さを、あっさり打ち消すだけの事実存在の迫力を伴った。その衝泊は太鼓打ちの高揚と同じくおれの体躯に焼きつき、その方向の刺激がもっと進めば、たぶん日蓮宗派の物語に自己同一化していたかもしれない。どういうわけか日蓮系宗教運動の歴史は、熱狂と折伏の激しさに満ちていた。それは宗祖日蓮の「立正安国論」からくるのだろうが、新興宗教も含めしばしば政治的になって弾圧の対象となり、その迫害を乗り越える狂熱的な物語が多かった。

結局おれはその物語と縁ができなかった。しかし学生運動でのシュプレヒコールで吼えまくった心情は、いわば肉化した日蓮宗徒そのものと変わらず、息子のロックにも通じるものがあったろう。

父は法華経の行者になり切れないハンパ坊主ということで、おれの軽蔑の理由を増やすことになった。しかし同時に師匠の日常はやはりナマグサ坊主の生活だった。

ある冬の朝、寺の門前に経を大音声で唱える声が聞こえ、それが終わると本堂正面に案内を請う同じ大音声が聞こえた。おれは拭き掃除をしながら様子をチラッとうかがった。法題目を書いた旗を付き立てた旅の僧に師匠が応対している様子だった。それはおれに、法華経の行者の布教活動を想い出させた。師匠の声も次第に声高になっていった。なんだろうか？　単なる物乞いだろうか。あるいは宗論、すなわち同じ日蓮宗内の異派異端との論争だろうか。そのうち師匠の声は、帰りなさい！　という叱責の声に変わった。おれははじめその旅の僧に同情を覚え、師匠の拒否をナマグサ坊主の生活防衛じゃないかと思いかけた。他方師匠の真摯そうな声は、このナマグサ生活でも守るべき真なるものがあるのかもしれないとも思わせた。

八　唐牛健太郎のこと

高校三年になっても生活は相変わらずだし、僧職への嫌悪感も相変わらずだった。まわりも特に問題のない良い小僧さんで通っていたと思う。背も小さく自分に自信のない風采の上がらないおれも、どういうわけか学校の成績がよかった。といっても市立の小規模高校だから程度は知れている。

弟が同居した。三つちがいだった。どういうわけかよくケンカした。土蔵の二階で取っ組み合いになったこともあった。今思い出してもその憎しみの理由が思い出せない。思い通りにならない存在は親だけではなかった。お互い気に染まない小坊主生活でのストレスを狭いところでぶつけ合ったのか。今の自分から想像はつきにくいが、その頃のおれはどちらかといえば、自分の意思表明がほとんど灰色だった。弟は頑固ではっきりしたところがあった。たしか、誰のおかげでここに置いてもらってるんやということをだれかに云われたらしい。とたんに一食抜くと云い出した。おやつでもメシでも要らんといったら要らんのであった。

おれはこの環境からどうすれば脱出できるか虎視眈々と狙い始めていた。おれがここを出てから、弟は直接の脱走を試みて失敗したが、当時のおれはそういう方法は考えられなかった。大学に行くしかないと思った。師匠はおれの成績の良いのを見こんだか、日蓮宗門設立の大学に行かせてもいいと告げた。おれは感謝のコトバを述べたが、ちっとも喜んでいなかった。あくまでも普通の大学、しかも学費が安い国立理科系でなければならなかった。それと……。

おれは週刊誌の写真を食いいるように眺めていた。土蔵の一階に積んであった古新聞古雑誌のなかから偶然取り上げた一冊だった。若者たちが集い、手に手を上げてなにかを叫んでいる学生集会の様子だった。旗竿を掲げたデモの写真もあった。たしかサンダル履きだったか、苦みばしった一人の好青年の立ち姿があった。唐牛健太郎、という見慣れない名前で全学連の委員長だという。そう、それらは全学連に関する記事で、いわゆる六十年安保闘争でゼンガクレンの盛名を馳せる以前のスナップだった。今に至るも忘れないその印象。なぜにあんなにも引きつけられたのだろう？　おれはそこに突破口を見た。世の中の未来というよりおれのこの暗い人生からの。

手を上げて主張する彼らの表情は生き生きして全身が躍動していた。おれのように訳も分からない因習をただ受け入れ我慢する人種はそこにいなかった。寺だけではない。高校のホームルームの死んだような時間を思い出した。自主活動の時間というが、まず誰もクラスの役員になりたがらず、ババを引き当てないように逃げ回った。発言もなくやることもない、いわゆる席替えホームルームになるしかなかった。しかしこの週刊誌の写真は、それとはまったく対照的に学生自治会がまさに自治会として機能しているように見えた。自分たち個人の生活や利害のためにはあんなことはやれないだろう。いったい彼らを突き動かしている情熱とはなんだろう。不思議なことに、学生のやる運動は政治運動だけじゃないだろうとか、あいつらは食うに困らない連中だから、という皮肉は出てこなかった。そういう一線を引いてみるという操作もできないほど、それはストレートに入ってきた。

願書の提出時期がきて、おれは頑強に宗門大学への受験をいやだと云い張り続けた。この点についておれは珍しく面従腹背はできなかった。もうダメなら外に出て働いてもいいと思ったし、高卒まですればなんとかなるだろうと思った。息子のおれと対峙した心情も似たようなものだったろう。師匠におれの何が伝わったのか、あるいは今のところはどこの大学でもいいと思ったか、思いがけないことにおれの望みは聞き入れられた。

そしてまったく残念なことに、おれはそのせっかくのチャンスを活かすことができなかった。満足に受験勉強できるわけでもない環境なのに、あまりにも実力以上の大学を狙いすぎた。おれはそこで腹をくくり宗門大学に行くべきであった。またおれ自身の高望みを棚に上げて、師匠はなぜおれを押しとどめなかったのか、と時には思ってみることもある。しかしこれまた思いがけないことに、師匠は予備校に行くことを勧めた。師匠はその入学金をタンスのあちこちを引き出しながら揃えた。

その記憶が蘇る時、その恩義に報いられなかったことを、おれはつくづく情けなく済まないと思うのだ。師匠の訃報をG会の「村」で聞いたおれは、当面の仕事の繁忙で葬儀に行けなかった。師匠の死に目にすら会いに行けなかったのだ。それ以来、自分の人生の貸借対照表がどこかバランスが取れない。その思いを今に至るも引きずっている。

翌年おれは北海道の大学に入った。寺からも故郷からも遠く、がおれの望みだった。大阪から札幌まで飛んだのだ。といっても当時はたしか北陸周りの「日本海」という急行に一昼夜乗り、津軽海峡を連絡船で渡り、函館から札幌まで列車に乗るという長旅だった。船窓や車窓から見る風物は、かつて知らない異境そのものだった。冷たい風に吹かれながら煤けた雪道を歩き、黒々とした寮にたどり着いた。寺から逃げたいという一心がほんとうに物理的に実現したのだった。もう法衣は着なくてよかった！　おれは初めて大学の農場に行き、霜枯れたポプラの樹の尖端とそれに区切られた高く広い青空を眺めた。これが「自由」ということなんだ、と自分の心に刻んだ。

師匠は札幌で寄る辺とすべき同じ宗門の寺をいくつか紹介したが、もはやおれは行かなかった。入学時の費用はどうしたか記憶にない。後の生活が続いたのは、寮生活と奨学資金とアルバイトのおかげだった。生活は厳しかったが、自分の思ったことをしゃべり、やりたいと思ったことをやっていた。時あたかも一九六〇年春、あの週刊誌の写真通りの学生運動に没頭することになる。ある意味では安保も革命もどうでもよかった。溜りに溜まった鬱屈をたまたまそこに吐き出すことができたからだ。世直しなどどうでもよかった。忍従から自由へ。腹のそこから声を出し闘うのが気分よかった。考えたこととやることが直結していた。それがおれの自覚的な、自ら選択した人生の出発だった。いつのまにか対人赤面症と吃りが解消していた。

九　人生への出発　息子との対比

息子の出発もまさに「村」を出た時と考えていいのである。息子は十七歳になっており、おれは当時十九歳になったばかりだった。息子が感じた自由はおれの感じたそれとなんら変わるものではなかったはずだ。息子のそれは息子が「村」を出て以来、おれのなかでずっと一時的なカッコ付きのものだったが、その限定はおれのなかでもはや外れていた。

その自由に意味があるとしたら、それによって自己を表出・表現し、自己認識が可能となって自立へと成長していくということにある。それには自己表現の道具と仲間たち、さらに家族に近い絆が不可欠だったと思う。息子には、ロックの仲間の他に寄る辺となる家庭ができていた。家庭といっても結婚したわけでなく、もと「村」の学育にいて街に出ていた仲間がよく集まる岩城さんの家だった。岩城さんはG会のいわゆるシンパで「村」と行き来があり、いつのまにか「村」出の子どもらの世話をなにかと心がけていた。床舗装の仕事は店が閉まった夜中になることが多く、朝帰りの息子は時々岩城さんの家で風呂やビールのご馳走になり、そのまま一寝入りすることがあったらしい。

そのことの一端を知ったのは、たまたま東京に出て息子と出会い一緒に飯を食べようという時だった。

「おやじ、ビール呑んでいいか」

酒類はまったく絶っていたおれは面食らったが、息子の快活親近な雰囲気に呑み込まれた。彼はジョッキ入りのビールをうまそうに啜った。そして岩城さんのところで時々ビールを飲ましてもらうという話をした。おれは飲まなかったが少し羨ましい思いがした。息子と一緒に酒を酌み交わす喜びなどというものは、俗信にすぎないと否定していたのだが。

おれと息子との関係はすっかり対等だった。父親としてなにか為すことがあるのではないかと時折かすめるが、どうもかたちにならなかった。「村」戻ってこい、は云わずもがなであったが、それには息子はずっと無反応だった。いまさら親父の権威なるものを振りかざしてどうなるものでもなかった。

息子は街でたしかに育った。しかしおれはそのプロセスになにひとつ貢献してはいない。仲間たちや岩城さんたちの力によるところが大きいだろう。父親としてなにもしてやれなかった。男親ができるのはただ子を放すことだ、と理屈は考えるが釈然としない感情が残る。しかも息子はそのことをなにひとつ責める言動を示さなかった。あんたは、なぜ「村」なんぞ入ったのか、なぜずっと放ったらかしにしてきたんや、親らしいことをひとつでもしたか……。そう息子から攻撃される、反抗期特有の親子のシビアな対立をなんどか予想し、その覚悟もしていた。それがまるっきりなかった。

息子のやさしさなのか、と想うとじんわりと目頭が熱くなるが、本当にそうなのか。おれにはそのことが今もって解せない謎になっている。いやずーっと後になっておれがG会を脱会して以降、息子は妻に〝告白〟している。

「おれも学歴がほしかったよ」

それを間接に聞いた時、おれにやりきれない慙愧の思いが走った。息子の高校を辞めさせる時、学歴なんて無意味だという認識で息子と立ち向かった。しかし、その認識のある程度はおれが大学を出たことによるのではないか、と思う。経過したものの無意味さですら、それを経過しないものには憧れに見える。しかも通過儀礼というものは、一概に無価値とはいえない微妙さを孕んでいるはずだ。

さらに世間の職業選択が、学歴の壁でかなり狭められる実態を、おれは息子ほど知らずに済んできたのではないか。挫折の時を経たとはいえ、学生運動をやりながら教職に就けたし、「村」を出た今に至るまで、本当に就職の厳しさを知ってはいなかった。

息子は置かれた状況に深い諦念をもって甘んじたのか？　そんなはずはない。それはあまりにもできすぎて悲惨に思うくらいだ。息子はその状況の単なる被害者ではなく、それを自ら選び取った人間のある種の達観に到達しているのだろうか。おれはそう想いたい。とすればそうなる必要条件の一つは、おれという親の手の届かない環境での、他を責める間もない自己生存の格闘が、いや格闘というのが当たり前すぎて、そうはあえて言うこともない日常が続いたからかもしれない。その結果、親すらあっさり相対化してしまった！とすれば親としてないものねだりかもしれないが、あまりにも寂しい感もある。

いや、親とはおこがましい。それ以前の「村」の学育時代から、親子らしい絆が乏しい環境で、親の相対化が習い性になっていたのかもしれないのだ。その絆がしがらみになり、子に対する手枷足枷にならないようにねがえばこそ、「村」の親放れ環境のメリットがあるといえるのだが、その絆がなさすぎるのもどうか？　「村」には人間がたくさんいたが、残念ながらそのような絆ができたという噂はなかった。

父が亡くなった後、母親がおれにポツリと云った。

「私の最大の失敗はあんたら兄弟を外に出したことやがいね」

おれは、母はガミガミ云う親父に黙って付き従ってきただけと思っていた。しかし母の五人の子どもらは母の遠くでばらばらに暮らし、母の老後は決して安定したものではなかった。その言葉はそういう状況への母の思いから発した感慨だったろう。母の子どもらは、親子同居か近居かなどという不動産屋の幸福への勧誘にさっぱり馴染まなかった。その発端はおれとすぐ下の弟が、大阪の寺に弟子入りしたところから始まっていた。下三人は、寺院といっても普通の家庭と変わらない環境で育った。

父は、上二人の行状で、下の子どもらには、もはや寺を後継させようという〃野心〃を捨てていた。そのうちの一人は工業高専まで行って原発の技術屋にまでなっている。しかし、長男のおれはG会などという正体不明の異世界に飛び込み、寺を飛び出した後の次弟はほとんど一生流浪の生活を送った。

それではっきりと思い当たる。おれ自身が普通でない少年時代を過ごしていた。まさにそのことが発端となって、起伏と振幅の多い人生が習い性になってしまった感があるのだ。おれも寺院での親離れ生活で、息子ほどではないが親子の絆をそれほど知ってはいない人間だった。思春期の親子しがらみのうっとうしさから早々と解放されてきたのだ。そういえばおれも親父をそんなに責めた記憶がない。それでよかったのかどうか。

十　「村」の変質

気が付いてみるとそこは、理想と金儲けを実にうまくくっ付けるのに成功していた。おれはかなり長い間、これは二十世紀人類の夢の実現に匹敵する大壮挙だと思っていた。なぜならそれは、この資本主義的競争社会・所有社会のただなかに、無競争・無所有の社会を現出させえた、ということを意味する。しかも堕落し変質したソ連型でも中国型でもない、最も共産主義に近い実態が、既成社会や権力と闘うことなく存在できているではないか。たとえこの広大な地上の一点にすぎないものとはいえ、おれはそこに自由で平等な社会の雛型を見た。

G会の「村」は「金の要らない、仲良い、楽しい村」と別称されていた。それはおれには、学生運動以来引きずってきたマルクスの共産主義的な理想に思えた。実際メンバーは参画時に全財産を実顕地に放す（いわば提供）ことによって「一つ財布」に入る。理論的にはその仕組み一つで個の「所有（金の持ち高）に応じて」「働きに応じて」しか使えない既成社会から、実顕地は「金が個々に要らない」社会、即ち個々の「必要に応じて」使える社会に見事に転換できるのである。もちろん「欲望に応じて」までは無理にしても。しかしそれが成り立つには、メンバー間の競争を排除した家族同然の「仲良し」が存在していなければならない。

しかし組織が巨大になる同時並行に、そこも序列化とトップダウンの管理社会を形成していった。「横一列」と称せられた互いに対等・平等な関係の只中に形成されたそれは、経営と生活が一体化したきわめて効率のいいものだった。指導部の選任・解任も形式化し、衆知を集めるとされた研鑽会も整理・専門化され、全体で運動のビジョン、路線について論議すべき場がもはやどこにもなかった。メンバーはひたすらイズムの自己体得なるものに専念し、「村」を世界中に拡大していけば全人幸福社会が生まれると信じていた。

しかし学苑での暴力的指導が明るみに出て以来、多くの対外的批判非難に直面することになる。時あたかもオウム事件の渦中にあり、マスコミその他の、カルトだの洗脳だのといった批判非難にも晒された。おれは、それは当たっていないと信じ反論抗議の活動にも関わるが、同時におれの視線は、これまでほとんど無関心だった内部の体制に向かった。そこで見たものは情報秘匿の指導部独裁体質と、自分も含めてそれと一体化するしかない、理念にがんじがらめになったメンバーたちの姿だった。さらに次第に緩和されてきたとはいえ「必要に応じて」の金品提案の承認は、相変わらずの指導部の「調正」下に置かれ、多くのメンバーの意識的無意識的欲求不満の源になっていた。おまけに税務調査によって、これまでツンボ桟敷に甘んじてきた彼らにとっては信じ難い巨額の蓄財が発覚する。これらの事態に対してどこからも真摯で納得のいく説明が与えられなかった。

おれには「村」の内情が、蓄財へと結果する無限運動に従属しながら、そのことに無自覚な「理想に燃える」働きアリの巣に見えてきた。公開された情報のもと、理想への沸騰する想像力を村人挙って集中する機会があれば、たぶんちがって見えたことだろう。しかしそれを喚起したかつての理念は、もっともらしい宗教教義かこじつけに、威容を誇る大食堂や生活施設は、ただの金に任せたガラクタに変わった。

なんのせいか、はたまた誰のせいか不明だが、見た目の壮大さに反比例してなにかが停滞し鬱屈していた。おれは呼吸困難を覚え、ともかく一息つきたかった。当時企画された都市居住の村外活動はおれには格好のはけ口となり、それに乗って「村」を離れた。そこで元村人たちとの遠慮のない交流に触れ、それによって得た少しばかり多様な視点と置かれた距離によって、かつての疑惑は確信に近いものに変わった。その後、しばらくして参画も取り消した。

十一　息子の「街の親」

息子に遅れること十年。解放感はたしかにあったがそれは苦いもので、とても小坊主を脱走する時の爆発的なものではなかった。不分明な喪失感が先行していた。人生を賭けて成そうとしてきたことが見失われたのである。おれはすっかり気落ちし、意志的に生きることの空しさに直面していた。長い人生のなかの数少ない選択は、どこか現在から逃亡する決断という趣きがある。おれにはそう信じている節があるが、それでもこれまでの決断は将来への希望を失っていなかった。

おれは還暦にすぐ手が届く年齢で、妻とともに老後へのなんの見通しもなくあくせく働くことだけが残された。妻の年齢ではまだあくせくするだけの仕事があったが、おれには警備員とか管理員など軽作業の待機業務しかなかった。

そう、働けなくなる老後にはある程度の蓄えが必要だということ、それがまるっきりない状況では年金しか頼れないのに、それがあまりにも少ないという事実。そのことに隔離空間から出たばかりの世間知らずのおれも、ようやく気づかざるをえない。

かつてG会への参画を決め、あと一年教師を務めれば恩給が出ると上司から云ってもらったことも、そんな必要があるかと昂然と否定した。あたかも三十年先を予測できているといわんばかりに。今恩給という制度はどうなっているのか知らないが、もしその貰えない恩給のために不安な老後を過ごしているとしたら、それはやはり彼の罪なのか。そう、彼の罪というしかない現実なのだ。見通しのない将来への選択はほとんど賭けにすぎない。

それは万人にとって公理だが、罪は個人が引きうけねばならない。

それとはいささか次元が違うことだが、インターを同志と肩を組んで歌いながらプロレタリア革命を誓った学生運動時の決断とどこか似ている。現在の高揚した気分は、決して将来の科学的な予測の肩代わりにならないという真実に、おれは早く目覚めるべきであった。

たまたま大阪で生活することになったが、その選択はまったく偶然のものだった。G会の対外拡大活動に従事していた頃、大阪方面に出張する機会が多かったから、なんとなく馴染んでいた。しかし大阪に来て単なる偶然以上のものを感じることになる。それは少年時代の寺院生活を始めた地であり、さらにこれまで交流を絶っていた妹夫婦と、そこに同居していたおれの母親と出会い、交流を再開することになる。実の親に久々にじっくり会うことができたという感慨もあるが、これまで放棄していた血縁のしがらみ・責任をなんとなく回復していくという、うっとうしさのようなものも感じ始めていた。

「村」で農作業に従事していた娘は、アメリカに行きたいから稼ぎたいと、おれたち親のところに転がり込んできた。東京で暮らしていた息子とは行き来はないが、心理的な距離が急に近くなった。自分らの生活に余裕がないのに、妻は息子に些少の金品を贈り出した。息子がフリーターの暮らしを続けていたということもある。その最初が布団だった。電話での息子との話から、「村」を出たときに持っていった布団をぼろぼろのまま使っているらしいと推測したのだ。これまでなにもしてやれなかった、という自責の感情が彼女から溢れ出すようだった。あったかいすよ……、息子は素直に感謝の弁を伝えてきた。

それからしばらくして息子と「村」で出会うことになる。岩城さんの葬儀が「村」であったのだ。息子たちが東京で世話になっていた岩城さん一家がG会に参画していた。息子たちは反対したそうだが、岩城さんの志はそこにあった。しばらくしておれたち夫婦は外に出たのだから、入れ違いになったようなものだ。ただ息子の東京生活の様子を岩城さん夫妻から聞くことができた。その岩城さんが肝臓ガンで病没したのだ。

おれたちは大阪から、息子は東京からM県の「村」の葬儀に参列した。もはや短髪の普通の勤め人の姿だった。

「いや、もうロックどころでなくなってきたすよ」と息子は苦笑した。ご多分に漏れず生活に追われ出しているようだ。息子はお通夜で缶ビールを祭壇に捧げた。村人は酒タバコをやっていなかったから、それは目立った。岩城さんと一緒にビールを酌み交わした街での思い出があったからだろう。翌日息子は一緒に世話になった若者とともに棺を運んだ。その印象はおれには鮮烈だった。

息子にとって岩城さんは親だったのだ。おれなんかよりずーっと。その想いは、若いうちはいろんな人が親代わりになるもんだという感慨を圧倒した。それともう一つ、なにか悔恨の思いが湧き出そうとしたが、それはその時姿を表さなかった。後になってそれは大阪の、寺の師匠のことだったと思い当たった。あの人は、おれの少年時代唯一の親代わりだった人だった。その棺を見ることも触れることもなかった。

十二　離脱親元にやってきた息子

また二年ほどした春先、息子は突然大阪までやって来た。偶然でなくまったく自発的に親のところまでやって来たのは、初めてのことではなかったろうか。息子は二十九歳になっていた。おれはたぶんその年齢ですでに結婚し、息子の出生に出会っていたが、息子はまだ独身だった。息子がやって来る気になった理由が変わっている。夢のなかで岩城さんが親に会いに行けといっていた、というのだ。夢のなかの啓示やインスピレーションが息子の行動のもとにあるようだった。そうか親代わりが親に会いに行けと云っていたんだ……。

娘はすでにアメリカに行っており、息子は日中はおれ（夜は警備業）、夜は妻が一緒だった。彼は意外なほど冗舌な一面も見せたが、反面なにをするでもなく、沈黙したまま狭い台所の椅子に腰掛けたまま過ごした。瞑想しているか、ぼんやりしているか分からないたたずまいで。

――おまえはなにをするでもなくどこへ出かけるわけでなく、ようそんなにじっとしてられるなあ。

――そう、そうなんすよ。こうしてるのが好きなんすよ。いろいろ聞こえてくるというか、聞いてるというか……。

不意に息子の過去の姿が蘇ってきた。あのバス停で、なにをするわけでもなくぼんやりと地べたを眺めていた息子が。

あの時には気づかなかったが、息子のそのいわば覇気のなさは、環境にがんじがらめにされた諦めによるだけではなかったのではないか。

おれは街に出て仕事を探し始めた時、面接の結果を待ちながら、まったくなにをすることもなく日を送らねばならなかったことがあった。公園へ行こうか図書館に行こうか、それとも……と考えているうちに一日が過ぎた。その、一日をどう過ごすかを考える一日ってなんのことだろう。外に出る金はもったいなくて使えなかった。なにをするか考えるのにも疲れ、本やテレビにも飽き、ぼんやりしてまったく時間の流れに身を任せていた。いわば自己を放擲していた。

空に漂う翩翻たる雲を眺め、近くにあった沼の風に揺れる波形を眺め、彼方の高速道に渋滞する車の遅々とした動きを眺めていた。いつしか夕日が沈み、辺りが暗くなっているのに気づく。こういう時が経つのを意識しなかった時間、そのことでかえって、ああ「時間」とはこういうものかと感じる。すなわち無為の充実とでもいうものを、その時になって初めて知ったような気がした。

その瞬間瞬間に、おれの感官の奥深くに感応するなにかで時が止まり消える。そしてそのなにかとともに流れ漂いどこかに運ばれていく感触。それは微かで取り出すことも滅多にできないが、その感覚を手がかりに外界を把握し、自分なりの世界認識が広がっていきそうな気さえしてきたのだ。

そうか、おれは若い頃、あまりにも学ぶこと、すなわち外から知識や情報を吸収することに走ってきたのではないか。振り返ってみれば、こういう「ぼんやり」はおれの中高校生時代には知らなかったものだった。たぶんおれには受験勉強があり、暇があったら英単語を覚えるという強迫観念がおれの生活を支配した。

その後の学生運動も教師生活も、暇があればなにかをやっていなければ気が済まない半生を過ごした。「村」での生活も、基本的には意識生活の連続、一日二十四時間全てに理念、イズムを顕わす生活だった。G会の「進展合適」の理念は本来自然適合性を指していたのだろうが、「成るのではなく為す」「合うのでなく合わせる」という方にウエイトがかかっていた。

性急なこじつけや思い込みかもしれないのだが、もしそれが当たっているなら、息子は「ぼんやり」にもう中学生の頃からある価値を見出していたのかもしれない。息子の高等部を辞める時の理由の一つが「ぼんやりしていたい」だったっけ。とすればその理由がかなり別の様相を帯びてくる。すなわち、そんな強いられた環境の中での「ぼんやり」は、単なる無気力や倦怠ではなく、息子なりに自己存在、アイデンティティを確認し保持しようとする営みのようにも見えてきたのだ。

さらにそのぼんやりが進行すると、息子の云うように潜在意識下のなにかが「聞こえてくる」ようでもあった。それはおれに、警備員の仕事に就いて気づいたことを想い出させた。「村」では肉体労働や「悩みなし」の精神的割り切りが基本になっていたこともあって、熟睡する習慣ができていた。しかしここ夜間巡回を前提にする仮眠室ではあまり眠れずよく夢を見た。目覚め前の切れ切れなイメージの断片が散乱する夢を経て、重い寝覚めもあったが、時にはすっきりした目覚めもあった。そんな時たまには新しい着想が生まれることもあるのを知った。

つまり、ぼんやりした夢の時間に断片的認識のなんらかの整理・統合が進行しているようだった。家にあった映りの悪いおんぼろテレビのように、いわば映像がクリアーになる以前の、ざーと鳴るだけの白い画面や不鮮明な翳しか映らない部分に多くのことが為されているらしい。たぶん息子はいつものぼんやりした時間に、そういうプロセスにある白昼夢を見ていたはずだ。

十三　優柔不断な子ども

そしてある夜、おれもワリと鮮明な夢を見る。

「どっちゃでもええがい、はよ決めんか」と叔父に怒鳴られていた。それは夏休み母親の実家で、海水浴に行こうかどうか迷ってうろうろしているところだった。浜が近くにあった。それは夢というより夢の中での記憶の再現だった。そのことがきっかけとなって自分の小学校時代のことがいくつか蘇ってきた。そう、おれは相当優柔不断な子どもだった。小学校の担任に追及されていた。なんのことだったか、たぶん意思表示がどっちつかずではっきりしないということだった。そして通知簿に「いつも態度があいまい」と書かれた。なぜそういうことになったのか。

まず思い当たることは、父の指図の頻繁さ、おれの態度決定の前に先行する父のガミガミだった。そのせいか自己決定の経験が乏しかった。それでも弟は父に抗することができたが、それは長男だったおれに、父の干渉がもろに集中したせいだと思う。

他になにか深層心理的な理由があるかもしれない。たしかにおれは小さい頃から、自分がなにをしたがっているのかわからないことが多かった。わずかに思い当たる記憶がある。幼児期、実家の寺に東京から疎開していた一家が居て、その子どもらが当時貴重品だったバナナを食べていたり、サツマイモの冷たいのをイヤだとざるに投げつけていた記憶がある。おれはたぶん強い羨望と諦めを交錯させていたにちがいない。この諦めをおれは早々と知っていた節がある。実際敗戦前後のことで家に食い物がなかった。納戸の奥の砂糖壺、仏前や墓にあったお供えの饅頭や果物を掠め取った時のわずかな愉悦。それが発見された時の父の叱責は、仏罰の観念とともに叩き込まれた。

自分の欲望をむき出すことはヤバく危険なことであり、それは我慢し抑圧するしかない。もしそれが実現するとしてもあくまで周囲の環境次第であり、自分では決められないことだった。こうして自分の欲望に自らタガをはめることを学び、自分の欲望をぼかし、無き物にすることに成功していたような気がする。ただ小学校時代よく水彩画を描いていたが、それは欲望というよりその代替物であり、教師に誉められたことがきっかけになっていた。あとは時間があれば、親に云われた通り勉強に集中していた。

これがおれの優柔不断の物語である。だからおれは、ずっと自分がなにをやりたいのか考える必要も機会もなかった。寺に弟子入りした後は寺務と受験勉強で忙しかった。そのおれの唯一の欲望がようやく姿を現した。坊主にだけはなりたくなかったのだ。はじめて既定の運命、周囲からの至上命令を拒否した。

そして北海道に飛び出し学生運動をやりだして、初めてこれがおれのやりたかったことだと思い知った。それ以降、やりたいことがあるからやったというより、やってみてはじめてやりたいことが分かるという感覚が続いた。それまでは欲望がはっきりせず、なにかを新しくやることに異常に慎重だったともいえるが、逆にどこかとんでもなく無謀で大胆になることがあった。

その平衡感覚への不安が、おれを性急に大義名分に理論に向かわせたのだろう。そう、自分がしたいことをはっきりできない子どもは、たぶん本質普遍性や理念に向かうのではないか。おれの場合、マルクス主義だのＧイズムなどの。それは世界の全体的な把握を可能にする見取図を得たも同然で、だからおれは、長いことそれらに安堵し安住できてきたのだ。しかしその図に入らないなんと多くのことが端折られ零れ落ちてきたことか。いまここに至るまで息子のことが圏外にあったも同然なのだ。

奇妙なことに、その空疎さを告白するかのように、どちらも「実践」「まずやってみる」を強調しているのだ。それも自分の個別的な欲望を疎外する方向で。それが現実の些細なことに「どうでもええじゃないか」という感覚、さらに自分の嗜好への強いられた鈍感に補強されて。

もちろんこれはおれの一方的な偏見にすぎない。主義やイズムに向かうだれもがそうだといえるはずもない。しかし息子と対比する機会を得た今になって、なにか一つの手掛かりを発見したように思い当たるのだ。

息子は自分の「ぼんやり」によって、少なくとも自己の内部を防衛し疎外することがなかったのではないか？　それはたぶん偽装ではない。そうしかできなかったのだ。当初自分の欲求・嗜好の多くは、絶対的な環境の重圧で叶えられなかったとはいえ、それをさらに追求する方向で息子は自分の人生を切り開いた。そしてぼんやりの営みが彼を音楽に向かわせ、またその音楽活動が刺激となって、ぼんやりから解放されていったのではなかろうか。おれのように〝勉強〟によって見取図など入手する暇もなかった。

ところがおれは、自分の優柔不断を逆手にとって自己に向かうのでなく、つまり自分の欲望を問う方向でなくその即時的解消に向かって、自己から逃亡し続けてきたような気がする。いわば欲望の燠火を絶やさず発火させ、個々の壁に突き当たりながらそれを具体化練磨し、さらにはそれを貫いたり転換したりする。その〝幸福〟を、おれは知らなかったというべきだろう。

息子の「ぼんやり」は今人生の晩年になって、おれにそんなことを切実に感じ考えさせた。

十四　息子の境地

昼間が暇なおれは息子と缶ビールを傾けていた。

――おまえの音楽といい瞑想癖といいおれとはあんまり似てないが、たった一つ同じなのはおまえも脱腸だったということや。おまえのじいさんもそうやった。あれは遺伝するらしいぜ。

――母ちゃんに聞いたよ。ちっとも覚えていないが。

息子はもう小さいうちに手術を済ませていた。おれはたぶん幼児期に、脱腸帯の位置に苦労しながら寒いポットン便所に腰掛けていたことをかすかに覚えている。おれはその手術を半年前に済ませたばかりだった。

――いやあ、あの時はえらい目に遭った。

あれは脱腸の手術を受けたあとだった。手術後昼食が出たので食べたら、しばらくしてすさまじい吐き気が始まった。ナースコールしたが返事がない。なんだここは、人手がないのか？　なんとかトイレまで行こうとしたが、まだ麻酔が効いているせいか足がふらついた。這いずるようにトイレにたどり着いて全部嘔吐した。

なにかの事情で看護婦は麻酔が切れる時間を間違えたらしい。その病院は創始者が国会で活動するT会の病院で、その「日帰り手術」の考え方に惹かれて入院したのだった。やはり社会運動に関心のある大組織というものはどっか細部で落とし穴がある。おれはそこにG会との共通点を感じていた。

――まったくひどい病院だよ。もっとも母ちゃんは、おれが食い意地張ってるから、というんだ。

――そりゃあ、おもろい経験ができてよかったんじゃないの。

息子は笑いながら云った。おれは息子の予想外の反応に鼻白んだ。おいおい、それっていったいなんだ、あまりにも悟りが早いじゃないか。おれは昔の「仲良し」の観念に縛られてなかなかその気になれなかったが、一発抗議してやろうかとすら思ったんだぜ。

そう、おれは長いことG会でそういう「なんでも経験」という発想法に馴染んできた。全ての経験はプラスであり、自己を生かす肥やしになる。たしかに失敗・アヤマチ・後悔を前に立ち止まり希望を失ってしまうよりは、早く立ち直り前進することは大事なことだ。しかしG会に疑惑を抱いた頃から、それは問題を帳消しし、すり抜ける手段になっていはしないか。まずイエスではなく、ノウと云ってみることも大事ではないか、と考えるようになっていた。

なのに、息子はなんでイエスの発想をするのか。「村」の学育で身に付いたものが蘇ったのか。また後の音楽活動から生まれた発想なのか。それとも、あらゆる理不尽過酷な体験を受け入れるために、そうと考えてみるしかなかったのか。

全てが糧になるという発想は間違いではない。それは全ての経験が人生のある方向を生きるという確信に繋がる場合である。あるいはもっと控えめに云って、今こうして生きていることを肯定できる場合である。息子はその域に達しているのだろうか。おれ自身が自分の今をそうは納得していない。いや納得できるように、こうして物を書き整理しようとしているのだ。なにが糧になりなにが糧にならなかったか。その全てに整理がついて、その全てを受け入れられ、初めてすべてが糧になったといいうるのではないか。

そういえば二、三日前にも、あれっと怪訝に思った息子の物言いがあった。妻はなにかのきっかけで、おれの薄くなった髪や顔の皺やシミをからかった。

――なんか汚くなって、もっと昔はいい男だったのに。契約違反よねえ。

――そんな云い方するもんやないすよ。人生の風雪に刻まれた勲章なんすよ。

妻もちょっとあっけにとられて、へーおまえ面白いこと云うねえ、というしかなかった。しかしおれは、父親としての自分を許し認めてもらったようでうれしかった。同時にその物分かりのよさ、さらにはそのGイズム的な発想（あるいはその歪曲）が少し気になった。

十五　昔「学育もん」の習性

自分の見方捉え方を変えれば世界は変わる、それによって人は仲良しになり幸福になりうる。しかしそのような観の転換はある必然性が不可欠であり、変えるというより変わるのである。そこに人為的なもの、ためにする不自然があれば、その無理は直ちに、あるいはいずれ看破されるだろう。G会の中で、その微妙さに無頓着なかなり多くの言説に出くわしてきた。

もっとも息子は、少しばかりおれに同情し、人間老けてくるとそうなるという世間知を婉曲に持ち出しただけかもしれない。息子も「村」を出て十年以上たっているから、音楽のメッセージその他によって自ら思想形成してきた部分も大きいだろう。

――おまえにとってもう「村」は過去のものだと思ってきたが、そこで身に付いたものもかなりあるんか。

――あんまり意識したことないが、なんかあるやろ。なんせポン友のほとんどは昔の学育もん、すよ。なんか切れない。今のシャバはおれらに生き辛いところがある。だからついつい寄るんすよ。おれは結婚しとらんが、子どものいるヤツは子どもを育てるならやっぱあんな環境がいいというの。

息子の結婚しない理由を妻は何度か訊き出そうとしていたが、息子は答えなかった。学苑女子にもて過ぎたとか、大失恋したらしいとかいう噂を息子の仲間からちらっと聞いたことがある。おれは密かに勘ぐっている。必ずしも夫婦仲がいいとはいえないおれたち夫婦の実態を、息子は黙って見てきたせいだと。

――へー、昔は「村」の方が生き辛いと思って外に飛び出したんやろ。

このシャバの生き辛さとは、まさにおれたち「村」出の大人たちがぶつかっている最大のものだ。息子たちはそういう意味ではおれたちの大先輩とも云える。そしておれたち大人も時には寄る。それで「村」にいた長い年月の間に培ってきたものにあらためて気づくのだ。後の体罰のような話はまだ聞かれなかった頃だった。

――そりゃあ出てみて分かることもある（と息子は言う）。おれもずっと住むならかなわんが、一時的ならあんなところもあっていいと思う。親父たちがそこへ行こうとした気持ちは分からんでもない。

息子は別にG会の理念を身に付けているというわけではない。ただ親から離れた子ども集団の寄宿生活で身に付いたなにかがあるようだ。そこで教育され仕込まれたものではなく、いわばワルガキ同士寄った解放感と連帯感のなかで培われてきたなにか。それが彼のいう「学育もん」という呼称にこめられた共有感覚なのだ。世間での波風多い体験が、それを郷愁のように析出したのだろう。おれは自分の学生時代の、寮生活のことを思い出していた。個室などはない五人部屋だった。おれが対人赤面症と吃音を克服したのは、学生運動だけでなく、あの寮での仲間たちとの親密な暮らしがあったからだ。

――ひょっとして親父たちがあそこに行かなかったら、おれは早々と潰されていたかもしらんと思うこともある。勉強とかいじめとかで……。世間の子どもを見てるとそう思うよ。

息子はニヤリと笑った。おれは、えっ、と一瞬息子のコトバを疑った。

――へー、そんな風にまで考えるんか。それならそれに、お前は云わんが、親の圧力が入るやろ。そうなると昔のおれが考えた振り出しまで戻っちまうな。

この二十数年の大成算が、息子にとって結局はプラスだというのか！　いやそこまでは云っていない。そのことはそのこと、あのことはあのこと、としてだろう。大成算などまだまだできるものではない。

それにしても、ここにきて息子とあまりにも話が合うのに驚く。一般的には、歳をとり生活にまみれて寛容になったからということかもしれぬ。しかしそこで推察できるのは、あの強いられた環境を否応なく自ら選び直そうとする過渡にあって、息子の考えがそこまで及んだということだろう。しかもいわばあそこまで追い込んだおれを、息子は肯定・了解してくれさえいるのだ。おれはなんともいえず申し訳ない、慙愧に堪えない思いに貫かれる。

息子は、おれがG会へ飛び込んだことを済まない、と後悔している節があることを察し、親父そんなこと心配すんな、と励ましているのかもしれない。だからといって、おれの方からあの時点での選択は正しかったと云い募ることでは全然ない。逆にその帰結が、負の遺産（場合によってはプラスにも転化しうる）として、親子がともに認知しあえる時間を持てたということなのだ。このことの帰趨はやはり時間を待つしかない。彼が結婚し子どもができたら、もっとちがった見方の展開があるのかもしれない。

たまに親子で外食しようかと、この間開店したばかりの百円回転寿司屋へ行こうと誘ったら、うーんと躊躇した。それじゃあ関東もんには珍しいやろ、とお好み焼きにして駅前の店に行った。息子はゆっくりと腰を据えジョッキを三杯空けた。けっこううまかったらしい。おれもじっくり焼き上がるのを待つお好み焼きの効用を見直した。回転寿司はやはり手っ取り早く、おれのせっかちな性向に合っていたのだ。息子にまたしても〝時間〟感覚について考えさせられた。

帰り際通りかかった店で、彼は癒し系のCDと小さなバラの鉢植えを妻に買った。今時の若者の、生活スタイルの一つだったのかもしれないが、息子の心情を感じた。妻は飛び上がらんばかりに喜んだ。おれは妻になにかを買ってやったという記憶がない。

そんなふうに一週間ほど過ごして、息子はそろそろ、と云い出した。三十過ぎのサラリーマンなら考えられない長逗留だったが、彼はフリーターだった。別に仕事の予定からでなく、一つの課題を彼なりに決着をつけたという感じだった。それなら最後はピクニックにでも行こうかと、大和の長谷寺を選んだ。前に夫婦で行って気に入った場所だった。

弁当まで用意して出かけようかという時、突然おれの母親が妹に伴われてやって来ることになった。たまたま二、三日前、息子と電話で話すことになったおれの母親、つまり彼の祖母は、孫がここにいる最終日と知っていた。昔郷里の北陸に、街に出た息子は祖父母を訪ねたことがあったが、それ以来の出会いだった。

予定がかち合うことが分かって、母は長谷寺までついて行くと云ったが、高齢で歩行が無理だった。妹は送り届けてくれただけで予定がある。おれは車がない。どうしようかと迷っていると、息子は、ピクニックは止めてここにいると云った。息子との長谷寺行きを楽しみにしていたおれは思いがけなかったが、それならそれで、と不承不承予定を変えた。おれは自分にはない息子のやさしさというのか、いわば受容の深さに触れたような気がした。いったいそれはどこで培われたのだろう？

それから息子は、祖母となにか話が弾んだというわけではない。ピクニック用の弁当を一緒に食べ、アルバムを広げながら、祖母のぽつぽつ話す昔話をフンフンと相槌を打ちながら聞いているだけだった。それだけでも息子はよかったのだろう。それがなにかになったというより、血の繋がるものと共に居る時間というものに、息子は格別の意味を見出しているようだった。

翌日早朝息子は帰った。

十六　家族で式服を買う

息子が去って半年後の晩秋、おれたちは大阪を離れることにした。警備員の仕事が翌年三月で契約切れ、次の仕事を探さねばならなかった。偶然にも同じ頃G会を離れた仲間の伝手で、おれは関東湘南のマンション住込み管理員の職に就くことになる。これで少なくとも職務上、健康上なにもない限り、六十九歳までは食いつなぐことができるようになった。
関東湘南に移った初めての正月、息子はおれたち夫婦住み込みの管理員居室に訪れた。一時的な借り物だが、息子がようやく家に里帰りするような気がした。

「久しぶりにビールがうまい」と息子は満足げだった。息子にすれば、生まれて初めて盆正月には気がねなく帰る故郷を見出したようだった。里帰りとは墓所のあるところではなく、まず親の居るところであり、しかもその親と心通うものがあってするものらしい。かつて息子は、親が居たって「村」に寄り付きもしなかった。この発見は新鮮で嬉しいものだった。

管理員としての給料を二、三度もらった後、妻は息子とおれのために式服を買いたいと云った。妻の実母の病状が進行しつつあった。妻は友人からのお下がりがあり、娘はまだまだこれからでいいと云う。おれはそれを多少乗り気で認めた。時代が変わり、かたちはちがっても、冠婚葬祭は廃れないだろうし、坊主は知らずそれに関わる職業もなくならないだろう。無縁が結ばれて有縁となり有縁が離別し無縁に散る。そのセレモニーには式服という衣装がついて回る。G会から、参画取り消しに当たっての「援助金」として、ある程度まとまったお金が入ったということもある。

おれは親父の葬式には「村」の共用の式服を着た。「村」を出てからは、同じく「村」出の仲間たちとだれかの式服を融通し合った。そろそろ親や親族だけでなく、友人たちの訃報が多く聞かれる頃だった。そういうことになにも律儀だったわけではない。学生時代からの唯物論の影響もあるだろう。また、どうせセレモニーさ、と軽く見る習性もあった。しかし若い頃とちがってそれ相応の年になれば、なりふり構わないというわけにもいくまい。「村」も経済的に成り立ってくると、冠婚葬祭にもそれなりに対応するようになる。もはや貧乏集団ではなかった。

息子も、世話になった岩城さんのいささか若い逝去に出遭っていた。その時葬儀会場となった「村」で借りた式服を着て、息子はこれはいいもんだと思ったらしい。それに、自分はその気配すらないのに、気の置けない仲間たちの結婚式には何度か参列していたようだった。

息子の休日を狙って、おれたち夫婦と息子は電車に乗って「式服の○○」と大きな看板のある店を訪れた。相当時間をかけた後、妻は思い切って十万円近い大枚をはたいた。息子の試着した姿は凛々しく見えた。妻はぼやいた。

「あんたが自分の結婚式に使ってくれたら、あたしは幸せなんやけどね」

おれはぼやいた。

「お前はこれからだから使い出があるが、老い先短いおれにはもったいないなあ」

これから先これを何度着ることになるだろう。定年退職し家を建てたとたんに亡くなった教師時代の同僚のことが頭をよぎる。

おれも試着をして鏡の前に立ち、外に出ると妻は上から下へとじろじろと眺めた。

「馬子にも衣装、カンリインさんにも衣装、まっいいか」

息子は云った。

「オヤジ、サマになるじゃん」

その声はなんの屈託もなかった。そう、サマになるか。おれはなんとなく安堵し嬉しくなった。サマにならない人生のささやかな慰めだった。それでも息子は少しばかり照れていた。もちろんおれも相当照れていた。ヘンな親子だと思った。


（終わり）

著者解説

ここでこの二作品の背景について、参考になりそうなあれこれを記しておきたい。一読直ぐお分かりだと思うが、ここでは現代日本における共同体運動の一端を表わすことを目指している。しかしこの社会は主として音声伝達によって成り立ってきたので、資料的な文書や著作は極めて乏しい。おまけにその関連思想、理念もどこかしら複雑微妙な趣ときている。そこでまず著者である私自身の見聞体験情報を頼りにするしかないが、実は最も頼りにしたのは本だったのである。すなわち私は求めたのはヤマギシに限らず、いわゆる共同体というものはどんなものか、あるいはどんなものだったらいいのかという歴史的ないし社会的な知見だった。

これについては長い歴史があって、一九八〇年前後の学生運動や教育運動の流れで参画した若者や教師たち（私もその一人）は、当時の時流に沿った論調や書籍に基づき参画し、のち〈村〉の図書室はその類書に溢れていた。その後「実顕地」づくりが本格化して以降、それは農畜関連の実学その他の資料に代わっていった。

ところが私は〈村〉離脱後、総括その他の究明意識とともにそれらの書籍は必須のものとなっていった。共同体関連の専門家であればおそらく常識以前のこととかもしれないが、私にはそれが最も欲しかったのである。それで以下のような体裁になったことをお断りしておきたい。

山岸巳代蔵さんの再「発見」

ここで登場する共同体J会、G会はいうまでもなく「ヤマギシ会」がモデルになっている。そしてその創始者は山岸巳代蔵さんであるが、恐らく社会評価的にはそれほど知られていた人物ではなかったろう。また、従来の私の中の山岸巳代蔵像もかなり雑多なものだった。旧友が『山岸巳代蔵伝』（山口昌彦著）を出版したことも整理的には大きなきっかけになっている。そこでその簡単な紹介から入る。

その基本テキストとなるのは、最初の入門講座（特講）で配布される『ヤマギシズム社会の実態』がある。これは山岸巳代蔵さん（一九〇一～一九六一）が記述されたもので、その導入には趣旨として次の文がある。

「自然と人為、すなわち天・地・人の調和を図り、豊富な物資と、健康と、親愛の情に充つる、安定した快適な社会を人類に齎すことを趣旨とする」

さらに会旨として「われ、ひとと共に繁栄せん」があった。

ここで少々自分の主観を入れて、私が別に最も感動する一節をあげたい。

「そこには陽光燦き、清澄・明朗の大気の裡に、花園が展開して馥域と香り、美果が甘露を湛えて人を待ち、見るもの聞く声皆楽しく、美しく、飽くるを知らず、和楽協調のうちに、各々が持てる特技を練り、知性は知性を培い育て、高きが上に高きを、良きが上に尚良きを希う、崇高本能の伸びるが儘に任せ、深奥を訪ねて真理を究め、全人類一人残らず、真の人生を満喫謳歌することが出来るのです」

あれこれの反発、批判、軽蔑、狂気かなどは私もあったし、否定しないし、できない。しかし逆にいえば、よくもこれだけの美句、美文を並べ得ることに逆に感動するのである。美果美味のてんこ盛りといっていい。そしてあくまで仮定だが、もしこれが事実なら、これは実に理想的な社会というしかない。その暮らしに憧れはあったが、ことばに引かれたという側面もあったとすれば、まさにこの部分だった。そして山岸さんの人間の「崇高本能」ということばは、私の魂の内奥にずっと残されている。

ところでこの山岸氏が幻視した世界こそ、この運動の真目的であったはずであるが、その想像上のピークをさらに高めることはできなかったばかりか、到達すらできなかった。ヤマギシメンバーは、それに骨格と肉付けを与えるために粉骨砕身してきたろうが、ピークを高めたのは産業であり、組織であり、員数であり、といった手段的派生的なものばかりだったといっていい。

山岸巳代蔵さんと、ここで改めて自分が「さん」付けしていることに気づくが、これは実は、山岸さんとヒエラルキー体制推進の旧〈村〉指導部とがごっちゃになっていた時期はそうではなかった。それが次第に溶けていったからである。

山岸さんは、その年代から考えれば当然「ヤマギシの村」が「実顕地」として拡大していったこともご存じないと思う。山岸さんは、当時の農民自体に養鶏を通じて働きかけた人だった。したがって当然にも、そこで体罰が存在したとはまるっきりご存知ないだろう。他にも取り上げたい部分がいくつもあるが、ここはやはりヤマギシのネックだった教育問題について、山岸さんの観点を紹介しておきたい。

山岸さんが書いたと言われている『百万羽子供研鑽会』という子ども向けの研鑽資料が残されている。

「研鑽会は、先生やおとなの人、みんなに教えてもらうものではありません。また、教えてあげるものでもありません。自分の思っている考えをそのまま言って、間違っているか、正しいか、みんなの頭で考えます。ですから、先生が言うから、みんなが言うから、お父ちゃんが、お母ちゃんが、兄ちゃん、ねえちゃんが言うから、するから、そのとおりだとしないで考えます」

「子どもらに自分の思い考えをそのまま言ってもらう」なんていう発想と実践は、実はのちのヤマギシの教育体制、学園（それでも「学育」と称していた）では考えられないくらい、革新的どころか革命的な内容だといっていい。

実はこういう資料が登場してきたプロセス自体が象徴的だが、私の〈村〉離脱以降の二〇一三年のことであり、元ヤマギシ学園生からの体験告白文が登場してからである。それも村人吉田光男（故人）さんが、その解説とともに紹介されてきた資料からであった。

イリイチの〈素人療法〉について

イヴァン・イリイチ（一九二六〜二〇〇二）という人は私からみると、口下手なヤマギシに代わってあれこれ代弁広報してくれている人のようだ。

もちろんそういう発見は私の〈村〉離脱後のこと、ここには何かたいへんなことが書いである！　と暇だけでなく根気のあんまりない私が、自己流で覚えた拙いパソコン能力で、彼の著書一冊の十ページ近くも入力してあったのは、たぶんこの思いからだろう。

「——先に中国の裸足の医者の例をあげたのは、普通の労働者が余暇に現代的な医療業務に携わることが、どんなふうに三年間で中国の健康管理をどこにも並ぶもののないような水準にまで躍進させることができたか示すためであった。他の国ではたいてい素人による健康管理は犯罪とみなされている。……

進歩は依存の増大ではなく、自己管理能力の増大を意味するはずであるのに」

（『コンヴィヴィアリティーのための道具』一九八九）

この「裸足の医者」（赤脚医生）については、私は北海道別海のヤマギシ試験場に参画した当時（一九七六年）よく耳にしていた。実際別海原野では病院までの道はかなり遠く、〈村〉内でもかなり素人療法的なものがあったと思う。

その点のちのヤマギシの医療体制は、小説の〈俗なる幸福感〉の部分でも触れたが、医師の参画が相次いでいる。それでレベルは急激に上がり、それで内部では暇だったので、一人が地元の病院に通ったこともある。

このことは何も医療体制だけにとどまらない。進歩といえばなにか国からの保障的な感覚が多いが、イリイチは「進歩は依存の増大ではなく、自己管理能力の増大を意味する」と断定し、別のテーマでも各種提言している。

「人は生まれながらにして、治療したり、慰めたり、移動したり、学んだり、自分の家を建てたり、死者を葬ったりする能力を持っている。この能力のおのおのが、それぞれひとつの必要（ニーズ）を満たすようにできているのだ。人々が商品に最小限頼るだけで、主として自分にできることに頼るかぎり、そういうニーズを満たすための手段はあり余るほどある。こういう諸活動は、交換価値を与えられることはかつてなかったけれど、使用価値を持っている。人間が自由にそういう活動を行うことは労働とはみなされない」

さあここまでくると、やはり実践実行をことどとするヤマギシの理論、認識上の装備を提供できる大先輩になると思う。明らかにヤマギシの「無所有」と接合点がある。しかしそういう世界思想的な部分との接点なる感覚はヤマギシには皆無だった。

もっともイリイチのいう「コンヴヴィアリティー」というのは、意味的に「自立共生」ということらしいし、ヤマギシのいう「われ、人とともに繁栄せん」に近い。それでもやはりイリイチの思想的体系性、領域の膨大さはやはりすごいものだと思う。

また、イリイチの学校教育批判も実に深い内容がある。以下はその一端の紹介。

「学習が教育に変質したことは、人間の詩的能力、つまり世界に彼個人の意味を与える能力を麻痺させている。人間は、自然を奪われ、彼自身ですることを奪われ、彼が学ぶように他人が計画したことではなく、自分の欲することを学びたいという彼の深い欲求を奪われるならば、ちょうどその分だけ生気を失っていく。自然を過剰に統制することは自然環境を敵対的なものとする。根元的独占は人々を福祉の囚人にする……」(同右)

これだけはヤマギシは「教育から学育へ」とどこかから口真似だけはしたが、自己展開できなかったのは、体罰をうみだしてしまった背景、実態がよく示していると思う。

埴谷雄高さん〈卑屈、傲岸、無知の体系〉

いきなりずばり、外の世界からの巨大な認識者と実感する埴谷雄高さん(一九〇九～一九九七)の論考(『永久革命者の悲哀』)に入る。

「けれども、私がそこ(党)に見出したのは、大海のなかで船を航行させるに必要な一定の権威と一定の服従の限界を越えた強烈な圧伏と支配の体系であった。私が次第に悟ったのは、党は選民であり、党外は賎民であるという固定意識の存在だった」

「いったい、前衛とは、何か。或るものが大衆のなかで前衛として先頭に立つのは、彼が認識者であるからに過ぎない。彼が前衛として示しうるのは、一に理論、二に理論、三に理論、それは常に理論に始まって理論に終わる。したがって前衛自体が巨大な力だと錯覚したり、また、前衛の組織のなかに認識がなく序列があるだけだったら、これは滑稽で、さらに愚劣でもある」

「そのような私が私に見事な鉄槌を打ちおろした側の戦列にはいってゆき、そこに、いささかその表面は装われているとはいえ、根元から転覆さるべき当のものとまったく同じ原型から生じたところの三つの同じもの、卑屈、傲岸、無知の体系を見出したとき、私は複雑な苦悩に直面した」

私からすれば、これはずばりヤマギシの世界そのもののことだった。埴谷さんが事実対象にしていたのは、戦前のアナーキズム運動から非合法共産党に入党した経歴がある人である。その体験から埴谷さんが導き出した認識は、私には時空を超えた深い真実性を感じさせた。

いうなれば打倒すべき対象だと考えていた階級社会の階級構造が、自らの真剣なアナーキズムへの自己批判を経て加盟した組織にも残存していたという発見。しかもそれが〈残存〉どころか、それを「自己否定」する契機すら見いだせない悪しき構造の温床となり、さらにそこに予測していた未来社会の理想「国家の死滅」の萌芽すら見いだせないとしたら、埴谷氏ならずとも「複雑な苦悩」に直面しただろう。

上の埴谷さんの認識は、いくつかの表現上の変更を加えれば、私が体感したヤマギシの機構・組織にも直ちに共振する。すなわち「理論」とは《知恵と理解の研鑽》、「前衛」とは全人幸福社会を《人類に齎す》という先駆け意識だと考えてみればいいと思う。

これらの悲喜劇は、組織がヒエラルキー、大きくいって階級構造からくる必然だった。そこで知りうる重要な情報の真実は、埴谷さんによれば、上層の指導的人物による「決意によって白色から灰色へ」またその逆が決定され、メンバーはただ上層への信頼感によってのみ、それを真実と見做したと想像される。したがってその組織は「悪しき実見者と善意の雷同者」の組み合わせから成り立ってくるとされてもいたしかたない。

「金要らぬ村」の不可思議

ほとんどの人が信じられない奇跡と思うが、終わりに臨んでなぜヤマギシで「金要らぬ村」が可能だったかの復習をしておきたい。

〈村〉はもともと山岸巳代蔵氏の「無所有共用」の理念のもと参画時に全財産を会に提供

し、仕事には給与という代償はなくすべてタダ働きだった。他方そのことによって個々の仕事の質量、役職の差異にかかわらず生活は平等に保障されていた。そうなれば人は仕事をしなくなるだろう、と普通なら想像するかもしれない。事実J会初期の頃は、何もしないでゴロゴロしている若者が多く存在できていた。ただそのままではいつまでもド貧乏の生活を甘受し続けるしかない。金銭・財物に代わる仕事への刺激、いわゆる労働意欲の昂揚はなんによるのか？　いうまでもなくメンバーの理想への献身、理念の研鑽・体得に拠るしかなかった。

この方向で必要な産業面の基盤づくりが優先され、生活は当初どうしても我慢や禁欲の方に傾きがちであった。参画者も増えつつあったが、離脱者もけっこう多かった。そのプロセスで目指された生活の集約化は、単なる共同生活とは異なる「一体生活」のシステムのさらなる拡充と展開だった。そこでは互いに自分の守備範囲の仕事以外のことは他に任せる。税金や保険は経理が、衣食住は生活部や建設部が、子どもの教育は学育部がというふうに。逆にいえば自分の守備範囲については他の人々の必要を引き受けたのである。

したがってそこは、個人生活のように何から何まで自分で考え処理する必要がなかった。それが経営面の成功とともに、便利で楽だというだけでなく、ゆったりと安心した生活の源ともなっていった。この日本の私的欲望渦巻く巨大消費社会の只中で、このような個人消費のないシステムは稀有のものだったろう。それに伴って〈村〉生産物活用者の間から、元教師や中堅の生活者が徐々に参画し始めた。

この背景にある思想、理念としてこれまで紹介したイリイチの「使用価値」論や初期マルクスの「疎外された労働」批判から、「愛はただ愛とのみ、信頼はただ信頼とのみ」の思念を見事に紹介した長田弘氏の『草稿のままの人生』のことを思い出したりする。それらは山岸巳代蔵とどこかで呼応し合っているとずっと感じてきた。そういうことでは私は理念的なものには弱い人間だという自覚がないわけではない。

ところがその後〈村〉で直面したことは信じがたいことだった。なぜかヒエラルキーができあがり、学園では体罰が生まれ、ついにはかなりの〈村人〉がそこを離脱し「金の要る社会」に向かった。これはいわば目前の恵まれた生活をなげうって、あえて苦難多き社会に身を投じたということになる。〈村〉暮らしの中で北海道別海の牧歌的な暮らしが一番良かったと思える私には、それ以降はどうも〈やりすぎ〉に見えてしまうがない（私の処女作は『追わずとも牛は往く』二〇一八年）。

今回のこの手記はその物語になるが、いったいなぜだったろうかという問いが今も続く。

共同体のテーマは、未来将来のありようとしてはどういうことになったらいいのか?

私は住込みマンション管理員の職にあった時期、住民からいろんなものを贈られる見返りに、冬場浜に流れてくるワカメを拾い湯がいて贈っていた。すると急速に人間間の心情的距離が近くなるのだ。それがうれしくなってまた贈りたくなる。そうなるとお返し、見返りの観念はかなり薄れているのを感じる。ただ贈りたいのだ。しかし誰でもいいとは思えない。あくまでも個別の想像が働く範囲なのだ。

このささやかな経験から想うのだが、数家族+アルファ程度の、しかも「餅ならぬ、おにぎり」程度のミニ共同体のようなものなら、私はずっと関心を寄せるだろう。「金の要らない仲良い楽しい村」というのは、キャッチフレーズとして今でもかなりの傑作だと思っているが、これに「自由」を加えたい。自由性がなければ楽しくならないのだが、あえて強調する。また仲良い、楽しい、家族同然になる、その結果として金を個々に持つ必要がなくなる、という順番がありそうだ。ただこのプロセスは至難の道である。

いうまでもなく、そのために理念というものが一義となる生き方になるなら、お呼びじゃない。もちろんやむをえざる親愛の情にほだされての人間の共同については、これを否定する気は毛頭ない。しかしそれを意識的につくろうとは思わぬ。そのような心情が自然発生的に内発する地点に出会わないかぎり、それはどこかウソになる。

ともあれ、いまだどこか茫漠としてはいるが、ここではどんな問いを背負うことになっていくかだけは記録できたと思う。

ただ事実として、世間ではこういう体験をした人々はごく少数であり、ほとんどの人は知らないことだろう。しかし人知や社会知やその長い歴史にはどこかにこういうことを解明できるヒントや知恵を宿していると信じる。

終わりに

私はもはや七十九歳、二年前シルバーの駐輪場整理の仕事を打ち切りになり、以降はずっと在宅である。この間妻の方は訪問介護で働き、端的に言ってメシがうまいという評判で、仕事が途切れることがなかった。これもいつまでも続くとは思えないが、私の方はともかく洗濯干し等家事全般に可能な限り奔走している（つもり）。さらにここ数年真夜中、就寝する妻とはふすま一枚挟んで台所のテーブルでパソコンをたたいた。この部分でも妻には頭が上がらない。ほんとうにありがたいことだったと深謝する。

ふり返ってみれば私には、不遇だと感じてたことも多いが、逆にかなり恵まれてきたこともあったと思う。あの夫婦住み込み管理員への就職、その後の県営住宅の一発入居（種々下調べの上だが）等、いずれも生死の一線を越えたという実感で骨身に染みた。

いわば最低限こういうことにならないようユートピアを選択してきた私が、それと正反対の世界にまみれてきたことは、やはりどこかで楽をしようとしてきたことの反動だろう。そこにはやはり自然全人総意のバランス感覚の発動があったのかもしれない。

「金要らぬ村」を出る…

二〇二〇年八月二十日　初版第一刷発行

著　者　福井正之
発行者　谷村勇輔
発行所　ブイツーソリューション
〒四六六・〇八四八
名古屋市昭和区長戸町四・四〇
電　話　〇五二・七九九・七三九一
FAX　〇五二・七九九・七九八四
発売元　星雲社（共同出版社・流通責任出版社）
〒一一二・〇〇〇五
東京都文京区水道一・三・三〇
電　話　〇三・三八六八・三二七五
FAX　〇三・三八六八・六五八八
印刷所　藤原印刷

ISBN978-4-434-27848-8